[美]雷·布雷德伯里—著　巨超—译

后浪

写作的禅机

Releasing the Creative Genius Within You
ZEN in the Art of Writing
RAY BRADBURY

江西人民出版社

与爱一起,

献给我最好的老师

詹妮特·强森(Jennet Johnson)

目　录

自　序　1

第一章　写作的乐趣　1
第二章　动如风，静如钟；楼梯顶端的那个东西；老想法中的新灵魂　10
第三章　缪斯养成指南　29
第四章　酩酊大醉，放手一搏　48
第五章　投入一角硬币：华氏451　68
第六章　拜占庭的另一边：蒲公英酒　76
第七章　火星之路漫漫　86
第八章　站在巨人的肩膀上　93
第九章　秘密心灵　104
第十章　俳句，手到擒来　116
第十一章　写作的禅机　127
第十二章　创造力　144

致　谢　163

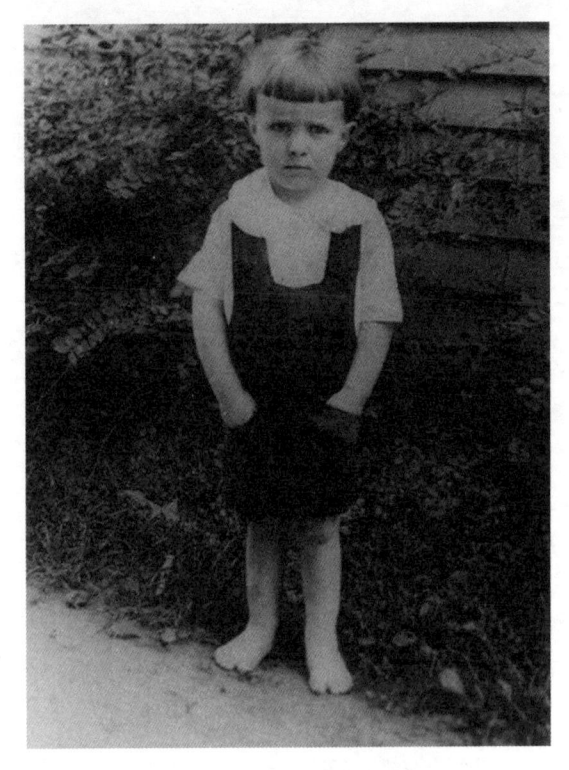

作者童年照
美国伊利诺伊州绿镇，1923 年

自　序

如何攀上生命之树，向自己抛掷石块，爬下来时骨头和灵魂却毫发无损——引言的标题对于整本书来说，长度恰到好处。

有时候，我对自己九岁时的能力感到意外，当时我居然能够明白自己所遇到的阻碍，并摆脱束缚。

一九二九年十月，我还是个小男孩，因为四年级同学的一句批评，我撕烂了自己的《巴克·罗杰斯》[①]漫画，一个月后，我认定我的朋友只是一群蠢货，又赶紧重新收集

[①] 《巴克·罗杰斯》(*Buck Rogers*)，由菲利普·弗朗西斯·诺兰（Philip Francis Nowlan）科幻小说改编的漫画作品。

漫画，这一切是怎么做到的？

这样的判断和力量究竟从何而来？我到底经历了什么，竟然让我感到自己几乎快要死亡。是谁正在扼杀我？我又在遭受何种折磨？这一切的解药是什么？

显然，那时候的我能够回答上面所有的问题，我找到了自己的病症：撕毁漫画。同时也找到了解药：无论如何，我都要重新收藏。

我的确这么做了，效果不错。

但我还是不禁要问，在那个年纪这是可能的吗？那时我们就已经习惯应付来自同龄人的压力了吗？

这种让我反抗、改变人生、独立生存的勇气从何而来？

我无意高估这一切，但是，该死！我爱死了那个九岁小男孩，不管他到底是谁。如果没有他，我没办法坚持到今天，写出这些文章。

当然也有一部分原因在于，我极度热爱巴克·罗杰斯，我不能就这样亲眼看着我的最爱，我的英雄，我的生命被摧毁。这一切就这么简单，就好比目睹你最好的、一直伴你左右、最爱你的朋友溺水而亡或因枪击而死。朋友们，他如果就这样死去了，就再也不能起死回生。而我意识到，如果我愿意，巴克·罗杰斯或许还有第二次生命。于是我为他做了人工呼吸，看啊！他坐起身来，然后说："怎么了？"

大喊吧！跳吧！玩耍吧！把那些"狗娘养的"都抛在脑后，他们永远没办法像你一样活得如此之棒，大胆地去做吧。

当然，我从没把"狗娘养的"这话说出口，毕竟粗口是被禁止的。但是见鬼，从我口中喊出来的话也跟这差不多，而这一切还未结束！

我继续收集漫画，又爱上了嘉年华、世界博览会，并且开始写作。可能你会问，写作能教给我们什么？

首先，写作能够提醒我们，我们还活着，而这本身就是一件礼物或者特权，生命并非与生俱来的权利。在我们获得生命的那一刻起，就必须努力活出它的价值，因为生命赋予我们生机，却也要求我们回馈。

尽管写作并不能让我们免于战争、贫困、嫉妒、贪婪、衰落或者死亡——这种种我们希望避免的一切，但却能够让我们从中重获新生。

而且，写作就是生存本身，任何一种艺术，任何伟大的作品，都是如此。

对我们很多人来说，不写作，毋宁死。

我们每天都必须拿起武器，或许明知这场战斗无法大获全胜，但仍需要迎头而战，哪怕只是一次小小的较量。在一天结束之时，我们只能靠微弱的优势胜利。记得某位钢琴家说过，一天没练琴，只有他自己会知道；两天没有练琴，评论家们就会发现；超过三天还没有练琴，他的听众一听便知。

对作家来说也一样。当然，不管你是何种风格，偷懒几天并不会让你的作品走样。但是，现实世界会从后面追上你，试图拖你下水。如果你没有每天坚持写作，毒素会逐渐堆积，而你的作品也会逐渐死去，或表现得疯狂，抑或两者皆有。

你必须醉心于写作中，现实才不会摧毁你。

写作如同一份融合了真相与现实的食谱，分量正好，让你能够咀嚼、畅饮、消化，而不致像在床上拍动的死鱼般感到窒息。

这一路走来，我意识到自己一天不写作，便会浑身不适。两天不写作，全身都在颤抖。三天不写作，就会怀疑自己是否疯了。若是到了第四天仍不写作，我可能就如同一头野猪，绝望地在逐渐干涸的泥坑中打滚。这样的时刻，一个小时的写作便是解药，我瞬间就能起身绕圈奔跑，嚷嚷着要一双干净的鞋套。

总之，这就是这本书想说的。

每天早晨服下一点砒霜，你便能活到日落。日落时再来一点，你就能活到第二天日出。吞下微量的砒霜，能够让你免于毒害，免于过早地被摧毁。

在生活中写作便是你需要的那剂砒霜。为了能够掌控生命，我们抛出五光十色的天体与黑暗的星球融汇，调和出真实的变奏。我们让这盛大美丽的真实存在，代替那些直接折磨我们的——来自家人、朋友、报纸和电视的糟糕之事。

我们无法否认这些可怕的事物。我们当中谁没有罹患癌症的朋友或在车祸中受伤甚至不幸逝世的亲人？据我所知，没有。单单在我的圈子中，我姨妈、叔叔、一个表兄以及六个朋友就都毁于车祸。若无法创造性地抵抗，这份名单会无止境地将我压垮。

这意味着写作是一种解药。当然痛苦不会完全被治愈。你永远无法忘怀你的父母患病住院或是你最好的朋友已离开尘世。

我不会把它称为"治疗"，这是过于干净、贫瘠的词语。我只能说当死亡困住人们时，你必须一跃而起，架好跳板，然后一头扎进打字机的怀抱。

生活在其他时代的诗人和艺术家，哪怕时间距我们很远很远，也能明白我在这所说的一切。亚里士多德都谈了好几个世纪了，你近来是否留意？

这些文章是我用近三十年时光陆续写成的，表达了我的种种特殊发现，也服务于不同的需要，不过它们最终都回应了同一个事实——这样的自我揭示是如此具有冲击力,让我感到震惊——如果你也低头向内心中的深井呐喊,一定会听到这声音。

就在写这篇文章时,我收到了一封未署名的年轻作家的来信,他说他将我的作品《托因比时光机》①中的一句话作为座右铭:

"……善意地撒谎并让这个谎言成真……所有的一切最终都将是一个承诺……看似谎言的东西实际上是脆弱的渴求,希望成真的渴求……"

现在:

我最近想到一个新的比喻来形容自己,它也适用于你。

每天早晨我跳下床,踩在地雷上,这地雷就是我自己。爆炸之后,我每天都忙着把碎片重新拼凑。

现在,该你了。跳吧!

---

① 《托因比时光机》(*Toynbee Convector*),是作者1988年发表的一篇短篇小说。

第一章　写作的乐趣

　　执念。激情。我们很少听到这些词汇。更少有看到人们如此而活，或因此而生。然而如果要我说出作家创作中最重要的因素——是它们塑造了他的写作素材并驱使他沿着自己所想之路前进——我必须发出警告，当心自己的兴趣，看管好你的激情。

　　你有你喜欢的作家名单，我同样也有我的。狄更斯、马克·吐温、沃尔夫[①]、皮科克[②]、萧伯纳、莫里哀、

---

① 托马斯·沃尔夫（Thomas Clayton Wolfe，1990—1938），美国作家，代表作有四部自传体长篇小说《天使望故乡》(*Look Homeward, Angel*)《时间和河流》(*Of Time and the River*)《蛛网和岩石》(*The Web and the Rock*)和《你再也不能回家》(*You can't Go Home Again*)。

② 托马斯·洛夫·皮科克（Thomas Love Peacock，1785—1866），英国小说家、诗人，作品以讽刺见长。本书作者对皮科克评价甚高，他的作品《黑德朗大厅》(*Headlong Hall*)备受雷拉德伯里青睐。

琼森[1]、威彻利[2]、塞缪尔·约翰逊[3]。诗人：杰拉尔德·曼利·霍普金斯[4]、狄兰·托马斯[5]、蒲柏。画家：埃尔·格列柯[6]、丁托列托[7]。音乐家：莫扎特、海顿、莫里斯·拉威尔、约翰·施特劳斯。想想这些名字，虽然他们在你心里地位或高或低，但他们都有热情、欲求和强烈的渴望。想到莎士比亚和梅尔维尔，你便想到惊雷、闪电、狂风。他们熟知创作的全部乐趣，无论文章篇幅是长还是短，无论画布是宽广还是局促。他们如众神之子一般，知晓创作中的乐趣。无论创作之路有多艰难，无论生活如何被病魔与不幸侵袭，他们仍用双手与思想，将这满是野性与智慧的活力传递给我们。他们用爱，去表达憎恨与绝望。

---

[1] 本·琼森（Ben Jonson，1572—1637），英国文艺复兴时期剧作家、诗人和演员，主要剧作有《狐狸》（*Volpone*）、《炼金术士》（*The Alchemist*）和《巴托罗缪市集》（*Bartholomew Fair*）。

[2] 威廉·威彻利（William Wycherley，1640—1716）英国戏剧作家。

[3] 塞缪尔·约翰逊（Samuel Johnson，1709—1784），英国作家、批评家，因编撰《英语大字典》而闻名于世。

[4] 杰拉尔德·曼利·霍普金斯（Gerard Manley Hopkins，1844—1889），英国诗人，以宗教诗《黑色十四行》（*Dark Sonnets*）而闻名。

[5] 狄兰·托马斯（Dylan Thomas，1914—1953），英国作家、诗人，代表作《死亡并非战无不胜》（*And death shall have no dominion*）、《不要温和地走进那个良夜》（*Do not go gentle into that good night*）等。

[6] 埃尔·格列柯（El Greco，1541—1614），文艺复兴时期画家，绘画作品人物多扭曲，主要作品有《圣母子与圣马丁》《托莱多风景》《脱掉基督的外衣》，以及闻名于世的《拉奥孔》。

[7] 丁托列托（Tintoretto，1518—1594），威尼斯画家。

看看埃尔·格列柯的雕塑然后告诉我，你能说他没从自己的作品中获得乐趣？在丁托列托的《神创造宇宙万物》那最具野性和完整的画面中，你能假装所感受到的一切，有任何一样会比"乐趣"少吗？最好的爵士乐写道："将要永生，绝不相信死亡"。那些最好的雕像，好比娜芙蒂蒂胸像[①]，则一次次地重复着："美曾在，存在，永在"。我所列举的每一个人，都抓住了生命中的那一点水银，在创造力的火焰中将其永远凝固转化，他们指着它哭喊道："这难道不棒吗！"这棒极了。

然而这一切，对我们在创作短篇故事时又有什么启发和帮助呢？

只有一个帮助：如果你在写作时没有兴趣和激情，缺少爱，从中得不到乐趣，你只能算半个作家。这表示你只是紧跟商业市场的动向，或者你只是留心圈内的先锋派在做什么，而没有在做自己。你甚至不认识你自己。对于一个作家而言，首要的应该是兴奋。他应该对一件事保持热忱，拥有满腔激情。如果没有这种活力，可能去做摘桃或者挖路修渠这种体力活更好些，至少对健康有好处。

你上一次让内心真正的爱与恨跃然于纸上，是多久之前的事了？你最后一次敢于发表深藏内心的偏见，让它像

---

① 娜芙蒂蒂胸像，古埃及文物。

闪电般滑过纸面又是何时?你生命中最美好和最糟的事都是什么,你打算什么时候低语倾诉或大声表达?

假设这样一个场景:你在牙科诊所翻完一本《时尚芭莎》①,然后把它扔到一边,迅速拿起打字机,带着又好气又好笑的心情抗议你所读到的愚蠢和势利。这难道不好玩吗?几年前,我就做了这么一件事。当时我偶然在《时尚芭莎》上看到一组摄影,带着不公平的态度,摄影师又一次把波多黎各穷街陋巷的土著当成了背景,在他们前面,那些看起来被饿瘦了的模特摆着各种姿势,好让这个国家顶级沙龙里瘦成半个人形的女人们开心。这些照片令我暴怒,驱使我跑向(不是走)我的打字机并写下了《太阳与阴影》②,它讲述了一个老波多黎各土著趁摄影师不注意,偷摸溜进各种镜头里脱裤子,毁了一个《时尚芭莎》摄影师的下午的故事。

我敢说你们当中会有少数人愿意这么干。我在做这件事的时候非常欢乐;在一通咒骂、嘲笑、嘶鸣后,我整个人感觉焕然一新。也许《时尚芭莎》的编辑从没听到这些声音,但有一大群读者听见了,他们喊道:"干掉它,加油,布雷德伯里!"我声明自己没有获胜,但是当我把拳击手套

---

① 《时尚芭莎》(*Harper's Bazaar*),美国时装杂志。
② 《太阳与阴影》(*Sun and Shadow*, 1953),收录于作者短篇小说集《太阳的金苹果》(*The Golden Apples of the Sun*)。

收起来时，我发现上面出现了血迹。

你上一次倾泻满腔愤怒，写一篇这样的故事是什么时候？

你上一次因为喜欢在家附近散步或沉思而被警察拦住，又是多久之前的事情？这种事在我身上发生得有点太频繁，后来我终于被激怒了，写了篇叫《行人》(The Pedestrian)的故事，讲述了五十年前，一个男人因为坚持去看电视之外的现实世界，呼吸一下没被空调处理过的新鲜空气，结果被逮捕并被抓去做临床研究的故事。

让我们把义愤和生气放在一边。关于爱呢？这世上你最爱的东西是什么？我指所有大大小小的事。一辆有轨电车，一双网球鞋？这些东西在我们小时候，可是有着魔法般的吸引力。我去年出版了一篇小说①，讲述了一个男孩搭上最后一趟有轨电车，车里充满经年暴风雨的气味，遍布冷绿色的天鹅绒座椅和流窜的蓝色电流。但最终这让人震撼的电车却注定要被更加平凡、更追求实际用途的公交车所取代。另一个故事则是关于一个男孩，他想要一双新网球鞋②，这是一双能够让他跃过河流、房顶和街道，还有灌木丛、人行道和狗群的鞋。有了这双鞋，他便有了如非洲

---

① 《电车》(The Trolley)(1951)，收录于作者短篇小说集《蒲公英酒》(Dandelion Wine)。
② 《空气中的夏天》(Summer in the Air)，作者于1956年发表的短篇小说。

大草原夏季成群的羚羊与瞪羚的力量。鞋中蕴含着奔腾之河与能量；他渴望拥有它，胜过渴望拥有世上的任何东西。

简而言之，这就是我的方案。

你在这世界上最想得到的东西是什么？你爱什么？又恨什么？

找到一个人物，内心既有渴望也有抗拒，就比如说你吧。给他起跑的信号，放响一枪。然后用你最快的速度跟上去。这个人物心中的爱恨会引领你一路走向故事的结局。他的兴趣与激情存在于爱恨之中，足以点燃路边的风景，让你的打字机热得冒烟。

这一切，根本上是由具备手艺的作家引导的；他已经掌握了足够的文法技巧和文学知识，当他想要纵情奔跑时，才不至于失足绊倒。不过这些建议对新手同样大有益处，尽管单纯因为技巧的关系，他的脚步会有些踉跄，即便如此，热情仍然能够挽救局面。

每一个故事的历史，读起来都应该像一档天气预报：今日高温，明日寒冷。下午，热浪烧毁房屋。明天，燃烧的煤炭之上落下倾盆冷水。将来有的是时间去思考、删减、重写。但今天，就让它爆炸——飞散——瓦解吧！既然接下来的六七次草稿只会折磨自己，何不享受这第一篇，期盼你的这份乐趣会在世界上的某处被寻找、发现，让那些读完你故事的人同样燃烧似火？

这并不一定是熊熊火焰。它也许是烛光，也许是星星之火；对神奇有轨电车的渴望，对一双能在清晨草地上跳跃的网球鞋的好奇。寻找这些微小的爱，发现并重塑那些微小的苦楚。于口中细细品尝，试着在打字机上重现。你上一次读诗或花一下午时间读一两篇随笔是什么时候？你可曾读过《老年人》(*Geriatrics*)上的任何一篇文章？这是一本关于美国老年社会的杂志，致力于"老龄化疾病与衰老过程的研究与临床调研"；你也许读过，或者见过《新鲜事》(*What's New*)，这是一份由美国雅培公司在洛杉矶出版发行的杂志，上面大多刊载一些诸如"氯化筒箭毒碱用于剖宫产"或"痢疾中的费洛蒙"这样的文章，但我们也能够在那儿读到威廉·卡洛斯·威廉斯[1]或阿奇博尔德·麦克利什[2]的诗歌，克利夫顿·费迪曼[3]或是利奥·罗斯腾[4]的小说，看到约翰·格罗斯[5]、亚伦·博罗德[6]、威廉·夏普[7]或

---

[1] 威廉·卡洛斯·威廉斯（William Carlos Williams，1883—1963），20世纪美国最负盛名的诗人之一，被誉为"美国后现代主义诗歌的鼻祖"。
[2] 阿奇博尔德·麦克利什（Archibald MacLeish，1892—1982），美国诗人，普利策奖、美国国家图书奖获得者，代表作有史诗《征服者》《圣经：约伯书》等。
[3] 克利夫顿·费迪曼（Clifton Fadiman，1904—1999），美国作家、编辑、评论家、广播和电视节目主持人。
[4] 利奥·罗斯腾（Leo Rosten，1908—1997）美国作家，从事编剧、故事写作、新闻和词典编纂等工作。
[5] 约翰·格罗斯（John Groth），美国插画家，擅长绘制战争描写。
[6] 亚伦·博罗德（Aaron Bohrod），美国画家，擅长绘制视觉陷阱静物画。
[7] 威廉·夏普（William Sharp），美国插画家，擅长蚀刻。

是罗素·卡尔斯①绘制的封面和插画。奇怪吗？可能吧。但是创意无处不在，就像苹果从树上掉下，若没有独具慧眼的陌生人经过时品尝这甜美的滋味，果实只能在地上腐烂，无论这究竟有多怪诞、可怕或装腔作势。

杰拉尔德·曼利·霍普金斯②这样写道：

荣耀归于上帝，为斑驳之物——
　为牝牛花斑的色彩苍穹；
　　为游鳟之身的点点玫瑰之色；
生火炭落的栗果；金雀翱翔的翅膀；
　片块的田地，山地，杂地，耕地；
　　各色的器物——齿轮，滑车，农具；
所有相对，新颖，无用，奇异之物；
　所有变化之物，（谁曾知晓）
　　迅疾缓慢，甜蜜酸苦，炫目晦暗；
上帝创造万物，而美恒久不变；
　称颂上帝。

汤姆·沃尔夫吃下整个世界，吐出滚烫熔岩。狄更斯

---

① 罗素·卡尔斯（Russell Cowles），美国画家，擅长油画与水彩画。
② 杰拉尔德·曼利·霍普金斯（Gerard Manley Hopkins，1844—1889），牧师，英国诗人，作者引用的是他的作品《斑驳的美》（*Pied Beauty*）。

每过一小时就要换另一户人家享用佳肴。莫里哀品尝凡世,像蒲柏和萧伯纳一样用手术刀切开真实。在文学的世界中,在你目光所及之处,伟大的人物都专注于探索爱与恨。你是否已经在创作中将这重中之重摒弃?如果这样,你丢失的是数不尽的乐趣。这是愤怒或幻灭的乐趣,这是爱或被爱的乐趣,一起在从生至死跳舞不止的假面舞会中继续吧。人生苦短,死亡必至。但在这一路上,在你的作品中,为什么不捎上这两个贴了热情与激情标签的吹了气的猪膀胱①?拿着它们,开启通往坟墓的旅途,我打算在背后给蠢蛋②们几个耳光,轻抚漂亮女孩的头饰,向柿子树上的男孩挥一挥手。

你们有谁想加入我,柯克斯大军③里有的是位置等着你。

---

① 在一些欧洲传统节日中,例如在奥地利巴特奥塞的四旬斋狂欢节上,人们会手持并挥舞被吹气的猪膀胱。
② Dummox,古英语俚语。
③ 柯克斯大军(Coxie's Army),1894年俄亥俄州商人雅各·柯克斯发起了一场全美国"反失业"串联,失业汉从美国各州组织串联,一同朝华盛顿进发,抗议工人就业政策。参与的民众被称为"Coxie's Army"。Coxie's Army 也解作乌合之众,无组织大军。

第二章　动如风，静如钟；楼梯顶端的那个东西；老想法中的新灵魂

　　动如风，静如钟。这是从蜥蜴身上学到的一课。对于所有作家都适用。几乎在每一种生物身上，你都能看到同样的道理。跳跃，奔跑，静止。如同睫毛般轻拂，鞭子般抽裂，雾气般消失，出现而转瞬即逝——万物如此繁荣大地。生命若不是在匆忙逃亡，便是在玩静止的游戏。蜂鸟倏然停落，转瞬而飞。想法浮现而闪过，好似夏季之蒸雾，林中空地一叶坠落时的瀚宇之音，世间所有的低语。

　　我们作家能从蜥蜴、飞鸟身上学到什么呢？能够立刻说出的就是真理。表达得越直率，写作越敏捷，你便越真诚。犹豫之间便会陷入思考，越拖延就越努力想营造风格，反而忽视了真实这唯一值得追求的风格——它需要你毫不犹豫地纵身一跃。

第二章 动如风，静如钟；楼梯顶端的那个东西；老想法中的新灵魂　　11

在如此仓皇之战中，会发生什么？成为一只变色龙，让细胞的颜色随着周围的景致而改变。做块宠物石①，静静地待在祖父母的窗边檐下盈满雨水的桶中。做番茄酱瓶中的蒲公英酒，封顶标签上写着：六月的破晓，一九二三年夏季的第一天。一九二六年夏天，烟花之夜。一九二七年十月一日，夏季的最后一天，最后的蒲公英。

所有这一切，促成了你作为作家第一篇成功的故事，刊载在《怪谭故事》②，稿酬二十美元。

你是如何开始一种全新的书写类型，让读者感到惊悚恐惧的？

大部分时候是误打误撞的结果。你不知道自己在做些什么，然后突然间故事就完成了。你没有着手改造某一种特定的写作类型和方式，而是将它演变成了你的生活，你深夜的恐惧。突然间你环顾四周，发现自己完成了一件几乎全新的事。

所有领域的作家面临的挑战和困境前人都已经写过，每天都有书和杂志刊印类似的故事。

在我的成长过程中，我非常热爱那些狄更斯、洛夫克拉夫特、爱伦·坡创作的传统鬼故事，后来更迷上了比如

---

① 《宠物石》（*Pet Rock*），由美国广告销售加里（Gary Ross Dahi）"发明"，他将石头包装成宠物贩卖，结果大获成功。
② 《怪谭故事》（*Weird Tales*），美国著名奇幻小说杂志。

库特纳[1]、布洛克[2]和克拉克·埃什顿·史密斯[3]。这些作家对刚开始写作的我有非常大的影响,我试着去模仿这些作家的作品,成功创作出了一摊烂泥——语言与风格无法天衣无缝地起伏沉降。我那时候还太年轻,完全不知道自己的问题在哪,以至于一味忙着模仿。

在我高中最后一年,我差点就找到了属于自己的创意。那时,我写了一篇纪念家乡的长文,以那里的一条深壑为背景,诉说夜晚我对这些地方的恐惧,不过我想不出有什么故事可以在那里发生,几年过后,我才开始意识到未来写作的创意源泉。

从十二岁开始,我每天至少要写一千字。多年来,坡仿佛就在我身旁,越过肩膀看着我的作品,另一侧的巴勒斯[4]也是如此,甚至每一个在《惊奇》[5]和《怪谭故事》杂志的作者都曾这样看着我。

我爱他们,但是他们却让我感到喘不过气。我还没有学会把注意力放在其他地方,也不知道在创作过程中不应该只关注自己的表面,更要关注面孔下真实的自我。

---

[1] 亨利·库特纳(Henry Kuttner,1915—1958),美国科幻恐怖小说作者。
[2] 罗伯特·布洛克(Robert Bloch,1917—1994),美国犯罪小说家。
[3] 克拉克·埃什顿·史密斯(Clark Ashton Smith,1893—1961),美国恐怖小说家。
[4] 埃德加·赖斯·巴勒斯(Edgar Rice Burroughs,1875—1950),美国科幻小说家。
[5] 《惊奇》(*Astounding*),美国科幻故事杂志。

第二章 动如风,静如钟;楼梯顶端的那个东西;老想法中的新灵魂

只有当我开始试着搜寻"不给糖就捣蛋"的万圣节回忆时,随之而来的词汇联想才让我在模仿的"雷区"中找到一条求生之路。最终我明白,如果你总踩在会爆炸的地雷上,那就踩属于你自己的地雷,最终,你会被自己的喜悦和绝望所引爆。

二十岁出头时,我开始为自己的爱与恨做简短的记录,我的草稿总是在盛夏的正午踱步,要么就是在深秋的午夜踌躇,我逐渐感到在这光明或黑暗的时节交替中,必定存在着真正的自我。

在我二十二岁的某个午后,我终于找到了。在一张纸上写下"湖"①这个标题之后,我只用了两个小时就完成了故事。我坐在打字机前,沐浴着从门廊照射进来的阳光,泪水顺着鼻子滑过,脖子后汗毛竖起。

为什么我会汗毛竖起,流下泪水呢?

我这才意识到自己刚刚写了一个非常好的故事。在我十年的写作生涯中这是头一遭。这个故事不光是好,更重要的是它混杂着其他风格,一种新的类型呼之欲出。这并不是一篇传统的鬼故事。而是一篇关于爱、时间、记忆与溺水的故事。

我把他交给了我的出版代理人朱利叶斯·华兹②,他很

---

① 《湖》(*The Lake*),刊登于作者 1965 年出版的作品集 *The Autumn People*。
② 朱利叶斯·华兹(Julius Schwartz,1915—2002),科幻图书出版代理人,同时也是一名 DC 漫画的编辑。

喜欢它。但他告诉我因为这不是一篇传统的故事，所以可能销量不好。《怪谭故事》左思右想，勉为其难，犹豫再三，最后你猜怎么着？即使这篇故事并不适合这本杂志，他们还是决定出版。而我则承诺下次必须要写一篇优秀的传统鬼故事！最后他们给了我二十美元，皆大欢喜。

好了，有些人可能知道后面的故事了。《湖》在未来的44年中被再版了无数次。这篇小说也吸引了其他杂志众多编辑的注意，他们开始留意到这个头发乱鼻头湿的小伙子了。

我有没有从《湖》的创作中学到什么有用的、豁然开朗的或简单的道理？并没有，我又继续回去创作那些传统鬼故事了。我那时候太年轻，对写作知之甚少，多年后才发现那些没注意过的细节。我那时四处游荡却一直原地踏步，大多写的都是些糟糕的作品。

在我二十岁出头时，如果说我的怪奇故事主要是靠模仿，偶尔脑子里蹦出一两个新奇的概念，勉强能写成作品，那么我的科幻小说可以说糟透了，侦探小说更是称得上可笑。我曾深受挚友雷伊·布拉克特（Leigh Brackett）的影响，曾经每个周日，我都会与她在加州圣莫尼卡的"肌肉海滩"见面。在那儿我读到了她的斯塔克①，我羡慕并试着

---

① Eric John Stark，布拉克特作品《星球故事》(Planet Stories)中的角色。

第二章 动如风,静如钟;楼梯顶端的那个东西;老想法中的新灵魂　15

模仿她刊载在《弗兰侦探故事》①杂志上的作品。

但之后的几年,我开始整理标题清单,列出了长长的名词表。这些标题启发了我,让我最终创作出更好的作品,我一路探索,向着真诚逐步迈进,掀开了头盖骨上的天窗,找出了藏在里面的宝物。

这份列表看起来是这样的:

湖,夜晚,蟋蟀,峡谷,阁楼,地下室,天窗,宝宝,人群,夜车,雾角,镰刀,狂欢节,旋转木马,侏儒,镜子迷宫,骨架。

我开始在这份列表中看到了一种模式,虽然我只是把它们扔在纸上,但我相信,在潜意识中,这就好比向鸟类施予面包。

通过清单,我发现了我的旧爱和恐惧都和马戏团与嘉年华有关。我想起它们,又遗忘了它们,它们在我的生活中一次次重现。母亲第一次带我去玩旋转木马时我惊慌不已,随着蒸汽风笛的尖叫声,整个世界开始随着可怕的马跳跃旋转,一片喧闹中夹杂着我的尖叫声。之后很多年,我都没有再靠近过旋转木马。十年之后我再试着这么做时,

---

① 《弗兰侦探故事》(*Flynn's Detective Fiction*),美国侦探杂志,由出版大亨 Frank A.Munsey 创办并以其冠名,作者提到的故事为布拉克特为该杂志所写的 *The Death Dealer*、*The Case of the Wandering Red Head* 和 *Design for Dying*。

它把我领进了《魔法当家》①。

但在那好久之前,我继续列着我的清单。

草地、玩具店、怪兽、暴龙、钟楼、老男人、老妇人、座机电话、人行道、棺材、电梯、魔术师。

就在这些名词的边缘,我一不小心进入了一个非常不科幻的科幻故事中。那篇故事的名字是《R 即是火箭》。最终出版的标题是《灰色太空之王》②。这是一篇关于一对好友的故事,其中一个被选去了太空学院,另一个则留在家中。每个科幻杂志社都拒绝了这篇故事,因为即使包含科幻旅行,这也仅仅是一篇关于友情如何受到环境考验的故事。而《著名奇幻奥秘》③的玛丽·格奈丁格(Mary Gnaedinger)只看了这个故事一眼,便决定出版。但同样的,我又没能看到《R 即是火箭》本身的价值,更没明白它可能会让我成为一个科幻作家。小说刊出后,除了获得些许称赞,很多人批评我并不是科幻作家,只是一个"普通"作家罢了,但要我说,去他们的吧。

我继续完善着我的清单,不只是记录夜晚、梦魇、黑

---

① 《魔法当家》(*Something Wicked This Way Comes*),作者于 1962 年发表的小说,后被迪士尼电影公司改编为电影,作者同时担任编剧。
② *King of the Gray Spaces*,首次出版于 12 月的《著名奇幻奥秘》(*Famous Fantastic Mysteries*),后出版于作者同名短篇小说集。
③ 《著名奇幻奥秘》,美国科幻杂志,曾刊发过许多著名科幻作者的作品,于 20 世纪 50 年代停刊。

第二章 动如风，静如钟；楼梯顶端的那个东西；老想法中的新灵魂　17

暗、阁楼里的一切，还记录人类在太空中的"大玩具"和从侦探杂志上得到的灵感。我二十四岁那年在《侦探故事》（*Detective Tales*）和《金钱侦探》（*Dime Detective*）上发表了许多侦探故事，大部分都不值得一读。我四处尝试，却犯了个大错，突然激发我想起了在墨西哥区的那些回忆——那场在洛杉矶市中心的"帕丘卡骚乱"[①]让我惊吓不已。这也让我在接下来的四十年里，更好地吸收结合侦探、神秘、悬疑等类型小说的写法，而这段记忆也被写进小说，即《死亡是件孤独的事》[②]。

但是回到我们的清单。为什么要回头继续说清单呢？我又该如何指引大家呢？好吧，假如你是个作家，或者希望成为一名作家，你应该从你的脑海里整理出这样的清单，它可能会很有效地帮助你发现自我，就好像我翻了个底朝天，跌跌撞撞一路摸索，最终又找到了自我一样。

我开始着手检查这份清单，选择其中一个词，然后以此为题，坐下来写上一首长篇散文诗。

差不多写到页面中间或第二页的某个地方，这些散文诗就会变成故事。就像某个角色突然现身说："这就是

[①] Pachucho，西班牙语，墨西哥移民特殊的亚文化。骚乱指 Zoot Suit Riots，一场在美国战后由服饰引发的墨西哥移民骚乱。后逐渐形成今天的奇卡诺（Chicano）文化。
[②]《死亡是件孤独的事》（*Death is a Lonely Business*），作者于 1985 年出版的小说，内容涉及墨西哥。

我。""这是我中意的想法!"接着这个角色就会替我写完故事。

显而易见,我开始从名词清单中学习,进而懂得了让笔下的角色帮助我完成创作。如果我让他们独处,给予他们头脑,他们就会幻想,他们就会恐惧。

我注视着我的清单,看到了骨架这个词,想起了童年时代的第一幅画,我画了骷髅去吓唬我的小表妹。我着迷于那些没穿衣服的医学人体模型:头骨,肋骨,或者骨盆雕塑。我最喜欢的歌这样唱道:"没什么关系,脱下你的皮囊,一身骨头跳个没完[1]。"

回忆起我童年的画作和喜欢的歌曲,便想起有一天我因为嗓子疼去了医生的办公室,我摸着喉结和脖子两侧的肌腱询问医生。

"你知道疼痛从哪来吗?"医生问道。

"什么?"

"你发现你的喉头了!"他洋洋得意地说道,"吃点阿司匹林,两块钱,谢谢!"[2]

发现喉头!天啊,多么美妙!我跑着回到家,感受着我的喉咙,然后是我的肋骨,我流动的骨髓,我的膝盖。天啊!为什么我不写一篇故事,讲一个男人害怕探索自己

---

[1] 这里指歌曲 Tain't No Sin 乐队的 *To Dance Around in Your Bones*。

[2] 意思是喉部发炎后变肿了。

第二章 动如风,静如钟;楼梯顶端的那个东西;老想法中的新灵魂　19

皮肤下面的部分,隐藏在他血肉之下的正是历史上所有哥特式的恐怖象征——骷髅!

几个小时之后,这个故事自然而然地完成了。

这是一个完美清晰的概念,但在怪奇故事的历史上没有人写过。我在打字机上完成了一个全新的、绝对原创的故事。这一切都源自我六岁时第一次画下的骨头,而从那一刻开始,这些骨头就在我的皮肤下游走。

我开始思如泉涌,想法冒出得越来越快,而且所有的一切都是在我清单上出现过的。我会在我祖父母家的阁楼徘徊,钻进地下室里四处寻觅。在午夜时分,我听着承载死亡的列车呼啸横穿伊利诺伊州的大地,那是一辆灵车,载着我所爱的人前往远方的墓地。我还记得清晨五点,玲玲马戏团[①]出现时,所有动物都会在破晓前准备好,草地上支起了犹如巨大香菇的大帐篷。我也记得电气先生和随他旅行的电椅。我记得魔法师黑石[②]在我家乡的演出,他挥舞着神秘的手帕让大象在舞台消失。我记得我的祖父,我的妹妹,我的七姑八姨和表兄们躺在棺材里,他们与世长辞,蝴蝶像花朵一样停留在坟墓上,而花朵却像蝴蝶一样随风飞舞飘过墓碑。我想起了我的狗,它曾经消失了一段时间,

---

① Ringling Bros. and Barnum & Bailey Circus,美国历史最悠久的巡游马戏团。
② 黑石(Henry Blackstone),美国魔法师,善用舞台效果表演魔术。

在某个冬夜归来时满身是雪、泥土和树叶，最终它在狗窝中离我而去。所有这些故事开始涌现，在回忆中迸发，它们全部藏在这些名词里，消失在清单中。

我对狗和它冬季皮毛的追忆变成了《使者》(The Emissary)，这个故事讲述了一个卧病在床的男孩派他的狗出门，用皮毛收集并带回代表四季的节令之物。某个晚上，狗从墓地返回，给他带来了"伙伴"。

我清单上的标题"老女人"则变成了两个故事，《从前有个老妇人》(There was an Old Woman) 讲述了一个女人拒绝死去，要求死神让送葬者把她的身体还回来，她在对抗死亡。第二个故事是《难以置信的季节》(Season of Disbelief)，一些孩子拒绝相信老人曾经也有过年轻的日子，曾经也是少女，也是小孩。第一篇故事收录在我的第一本合集《黑暗狂欢》(Dark Carnival) 中。第二个则收录进我考验自己词汇联想功力的那本《蒲公英酒》中。

我们现在明白了，不是吗，真正能够奏效的是个人的观察，是那些奇怪的幻想和迷恋。我曾经非常沉迷于老年人这个意象，试图用我的视角和想法来破解他们身上的奥秘。后来我逐渐惊奇地发现，他们也曾和我一样，而总有一天我也会成为他们。这太疯狂了。那些少男少女一直就在那儿，只是被锁进了衰老的躯体中——多么绝望的状况，多么恐怖的手段。

我再一次从自己的清单中汲取营养,选中了标题"罐子"。那源于我十二岁那年,在嘉年华上看到的一系列胚胎标本展览,那让我大吃一惊。而十四岁时我又被吓了一次,在一九三二年到一九三四年那些漫长的日子里,身为孩子的我们知之甚少,对性和生殖更是一无所知。所以你能想象当我在一个免费的狂欢节上,见到这些人类、猫、狗的胚胎被装在标签罐时有多震惊。我被这些未曾出生的尸体吓呆了,它们所产生的新的生命之谜从此以后日夜萦绕在我的脑海中。我从没向我父母提起过这些罐子,那些浸泡在甲醛中的胎儿。我知道我偶然发现了一些真相,一些最好不去讨论的真相。

当我写《罐子》(*The Jar*)时,这一系列记忆再一次涌上心头,狂欢节、胎儿展示,所有过往的恐惧都透过我的指尖进入了打印机。这古老的谜团终于在一篇故事中找到了安身之所。

我在清单中又找到了另一个标题——人群。我一边疯狂地打字,一边回想起十五岁那年的一场可怕遭遇。有一天我听到声响,立刻从朋友家的房子跑出,看见一辆汽车撞到路障,又像火箭一样撞向了电线杆。汽车被分成了两半,两个人躺在路面上当场死亡。我走近一个女人,她面目全非,另一个男人也在一分钟之后死去,还有一个撑到转天也离去了。

我之前从没看过这样的景象。我一路走回家，惊魂未定，路上还撞到了树。我花了好几个月的时间来抹平恐怖现场带来的创伤。

许多年后，我看着眼前这份清单，想起了那个晚上一系列的怪事。事故发生在一个交叉路口，一边是空荡荡的工厂，被废弃的学校操场，另一边则是墓地。我从离那最近的房子跑了大概一百多码①，然而用不了一会儿，人群就聚集了过来。他们到底是从哪儿来的？接下来的时间，我只能推测各种奇怪的可能性——有些人是从空厂房来的，或者更难解释的是，有些人来自墓地。在打字机上敲打了几分钟后，我想，是的，这些人永远都是同样的一群人，他们出现并聚集在一切事故中。这些人都是多年前的事故受害者，命运让他们不断重返现场，只要有事故他们便会出现。

有了这个想法之后，这个故事用了一个下午就自然而然完成了。

与此同时，嘉年华中的那些工艺品也逐渐聚集起来，它们硕大的骨架开始向外推挤，就要穿透我的皮肤。我为嘉年华所写的散文诗越来越长，都是关于在午夜后才抵达镇上的马戏团。在我二十岁出头的那些年，我和我的朋友

---

① 100码约为90米。

第二章 动如风,静如钟;楼梯顶端的那个东西;老想法中的新灵魂

雷伊·布拉克特,埃德蒙·汉密尔顿[1]一起在老地方,威尼斯码头[2]边上一个镜子迷宫里摸索。埃德突然激动起来:"我们赶快离开这里,不然一会儿雷就会写篇故事,说有个侏儒每晚都在这里付钱,想让自己在哈哈镜前变高。""就是这个!"我喊道。当晚回家我就写出了《侏儒》[3]。一周后,埃德边读我的故事边说:"我以后再也不会随便说话了。"

至于清单上的那个"婴儿",当然就是我自己了。

我还记得那些久远的,关于出生的噩梦。我记得我躺在婴儿床上,刚刚出生了三天,哭泣着被推到了这个世界上。压力,冰冷,尖叫随后充满了生活。我记得我母亲的乳房,我记得在我出生后第四天,拿着手术刀弯腰对我进行割礼的医生,这些全部我都记得。

我把"宝贝"这个标题改成了《小刺客》[4]。这个故事被各个选集收录了十来次,而我本人就是这个故事的原型,或者说一部分原型。这种记忆从我生命诞生那一刻就开始了,结果到我二十岁的时候才真正想起它,把它写成故事。

在这份清单上,是不是每一个名词最后都变成了

---

[1] 埃德蒙·汉密尔顿(Edmond Hamilton,1904—1977),美国科幻作家,代表作品《星际之王》(*The Star Kings*)。
[2] Venice Pier,加州码头。
[3] 《侏儒》(*The Dwarf*),作者于1954年完成的小说,收录于短篇集 *The October Country*。
[4] 《小刺客》(*The Small Assassin*),作者于1962年完成的小说,收录于短篇集《小刺客》。

故事?

不是全部,但它们中大部分都变成了故事。比如"活板门"这个词,我在一九四二到一九四三年间就把它列出来了,直到三年前,我才把它写成故事,并刊登在《欧姆尼》①上。

另一个故事是关于我和我的狗,这个故事到正式完成用了将近五十年。在《原谅我,天父,我是有罪的》②中,我让时光回到十二岁的那年,我打了我的狗,而我从没有原谅过自己。终于,我用笔重新审视了这个残酷、可怜的男孩,让他的灵魂和我最爱的狗的灵魂得以安息。顺便一提,这只狗就是那个在《使者》中从坟墓带回"伙伴"的狗。

在这些年,亨利・库特纳和雷伊一样,一直是我的老师。亨利建议我阅读这些作家的书,比如凯瑟琳・阿内・波特(Katherine Anne Porter)、约翰・科利尔(John Collier)、艾多拉・维蒂(Eudora Welty),还列了《失去的周末》③、《人各有异》④、《屋内起雨》⑤一系列书单让我学习。同时,他还

---

① 《欧姆尼》(*Omni*)杂志,于 1978 年成立的科幻杂志,以刊载科幻小说与超自然现象为主,曾以多种语言发行于全球各地。
② 《原谅我,天父,我是有罪的》(*Bless Me, Father, For I have Sinned*),作者于 1988 年创作的小说,收录于短篇故事集《托因比时光机》。
③ 《失去的周末》(*The Lost Weekend*),美国作家 Charles R. Jackson 的第一本小说。
④ 《人各有异》(*One Man's Meat*),美国作家 E. B. White 的随笔集。
⑤ 《屋内起雨》(*Rain in the Doorway*),Thorne Smith 写于 1933 年的一本冒险题材的小说。

第二章　动如风，静如钟；楼梯顶端的那个东西；老想法中的新灵魂　　25

给我了我一本舍伍德·安德森（Sherwood Anderson）的《小城畸人》（Winesburg, Ohio）。读完之后，我跟自己说："总有一天，我要写出一本类似人物的小说，只不过背景要发生在火星。"我马上把它写进了我的清单，计划着在火星上加入各式各样的人，看看会发生什么。

这么多年，我逐渐忘记了《小城畸人》和我的清单，但我写了一系列关于这颗红色星球的故事。有一天我抬起头来，这本书完成了，清单任务也完成了，《火星编年史》[①]即将出版。

所以现在你明白了，简而言之，我写下一系列名词，有的加上了罕见的形容词来描述某个未知的领域，一个未被发现的国家，其中一部分与死亡有关，其余则关乎生命。如果没有发现这些原则，我永远不会变成寒鸦一般的考古学家或人类学家。寒鸦在我脑中无用的骨头堆中翻找，寻找那些闪闪发亮的东西、形状奇特的甲虫和畸形的股骨，那些保留了我生命的遗迹的东西，还有巴克·罗杰斯、泰山、约翰·卡特[②]、卡西莫多[③]，那些曾让我想要永远活下去的东西。

---

① 《火星编年史》（The Martian Chronicles），作者于1946年出版的小说。
② 约翰·卡特，John Carter of Mars 中的主角 John Carter。
③ 卡西莫多（Quasimodo），《巴黎圣母院》中的钟楼侏儒形象。

在古老的歌剧《帝王》①中有首歌叫《我有一张清单》②。我也有一张清单，列了一长串东西，是它指引我前往蒲公英的国度，帮我将蒲公英的国度带到火星，又带回酒红色的领土，随着黑暗火车在黎明的前夜到达。在这些成堆的名词间，最重要的是那凌晨三点人行道上的低语，灵车在空荡荡的铁道上奔驰，伴随着断断续续的蟋蟀声。当一切戛然而止，你只能倾听自己的内心，又希望自己不会听到。

这让我逐渐意识到最后一件事——

在我高中所列的清单中，有个名词是"那个东西"，或者更具体的说法，楼梯顶上的"那个东西"。

我在伊利诺伊州的沃基根长大，那时家里只有楼上一个卫生间，必须爬一半楼梯才能找到开关把灯打开。我试着说服父亲晚上不要关灯，但是这么做在当时太浪费了，灯必须关着。

在早晨大概两点到三点的时候，我就会想去厕所。这时候我躺在床上差不多有半小时了，我挣扎在渴望释放的生理需要和对黑暗中等待着我的东西的恐怖中。最后，被痛意驱赶着，我只好沿餐厅摸索着走到楼梯前，心想：跑快点，跳上去，一下子打开开关。不管你怎么做，就是不

---

① 《帝王》(The Mikado)，用日本风俗习惯讽刺英国官僚制度的音乐喜剧。
② 即 As some Day It May Happen，也被称为"The List song"，流传甚广。

第二章　动如风，静如钟；楼梯顶端的那个东西；老想法中的新灵魂　　27

要向上看。一旦在开灯前抬头张望，它就会在那里——那个东西。可怕的东西在楼梯的最顶端等待着你。所以跑起来，闭上眼，不要看。

我跑起来，跳跃，但总是在最后一瞬忍不住眨眼，凝视那可怕的黑暗。它还是一直在那儿，我尖叫起来，从楼梯上跌了下来，把我的父母吵醒。我父亲会哼一声，在床上把头扭向另外一边，想着这孩子到底是打哪儿来的。我母亲则会起床，发现在客厅蜷缩成一团的我，她会走上楼梯帮我打开灯，等我上完厕所，在我下楼时亲吻我沾满泪水的脸颊，把受惊的我哄上床。

之后的两个晚上，同样的事情一再上演。我的歇斯底里终于惹烦了父亲，他找出家里的旧夜壶，扔到了我的床下。

但我一直没有克服这种恐惧，那个东西永远在我印象里，直到十三岁我们搬到西部，我才摆脱了这可怕的恐惧。

而最近我又对这个噩梦做了什么呢？好吧……

现在天色已晚，那个东西依然在楼梯顶上等着。从一九二六年到现在，已经是一九八六年的春天了，它一直在那儿漫长地等待着。最后，我整理了这份一向靠谱的清单，将"楼梯"①这个名词写到纸上，我终于要去面对这一

---

① 即《楼梯上的东西》(*The Thing at the Top of the Stairs*)，作者于 1988 年完成的小说，刊载于短篇故事集《托因比时光机》。

切，在黑暗中爬上楼梯。那等待了六十年之久的北极之寒，正盼望有人邀请它下楼，用我冰冷的指尖把它敲进你的血液。这件一直在我记忆中萦绕不散的事，这周已经完成，甚至就在我写这篇文章的时候。

现在，我让你留在自己的楼梯下，时间是午夜时分，带上笔记本，一支笔和一份未完成的清单。想象着你内心的名词，唤醒沉睡的自我，品尝黑暗，属于你的"那个东西"就在那里等待着你，如果你小声呼唤，写下任何一个古老的词汇，它便会从你的神经中逃离，跃然于你的纸上……

属于你的那个东西，就在你的楼顶，在你的专属之夜……它也许要下来了。

第三章　缪斯养成指南

这并不容易。从来没有人能够一直做到。那些拼命尝试的人，也会在走进树林前被吓退。而那些转身到处闲逛的人，在嘴边轻轻地吹着口哨，他们会听见它悄无声息地尾随，被一种小心翼翼的轻视所诱惑。

我当然是在谈论缪斯。

这个词已经被我们这个时代所遗弃。我们听到这个词时，多半会微笑着想起某个柔弱的希腊女神的形象，穿着蕨类植物，手中拿着竖琴，抚平挥汗如雨的抄写员的双眉。

这么说的话，缪斯是所有处子中最容易惊慌失措的那一位。她一听到声响便会仓皇而起，一旦被询问便脸色发白，若是拉扯到她的衣衫裙摆，她便消失得毫无踪迹。

她到底在烦恼什么？你疑惑，为何别人一注视她她便退缩？她从何处而来，要前往何地？我们怎么才能让她停留更长时间？什么天气能让她感觉愉悦？她喜欢喧闹还是宁静？哪里能买到她喜爱的食物，她喜欢吃多少，在何时用餐？

我们或许可以从改写奥斯卡·王尔德的诗入手，将诗中的"爱"改为"艺术"。

握得太松，艺术会飞离，
握得太紧，艺术会死去，
紧，还是松，我该如何知晓
艺术，该放手还是抓牢？

除了用"艺术"这个词代替，你也可以用"创意""潜意识"或者"热情"，任何字眼都可以代替，只要可以描述你犹如风火轮般疯狂转动、一个故事由此"发生"的情形。另一种形容缪斯的方式，也许是重新审视那些小小光亮，那些飘浮在每个人视线中时有时无的气泡，镜片上的小小缺陷，眼球上透明的小小斑点。多年来你可能从未注意过，但一旦开始把注意力集中在它们身上，它们便无时无刻不引起你的注意，你再也无法忍受它们的烦扰。它们干扰你的视线，破坏你正在观察的一切。你不得不去神经科治疗那些"斑点"问题，而你必然会得到这样的建议：无视它们，它们自然就消失了。事实上，它们从来不会走远，它们会一直存在，但我们把焦点放在这些东西之外，观察着这世上不断变化的一切，这才是我们应该做的。

所以，回到缪斯这个话题，如果我们能把注意力放在缪斯之外的世界，她便能回归自身的平衡，不再干扰我们的世界。

这就是我的观点，如果你想让缪斯一直存在，你必须先给缪斯提供食物。不过，要如何喂养一个尚未存在的东西，这确实很难解释，但我们本身就生活在矛盾的事物中，再多一个也不会影响什么。

事实上非常简单。纵观我们的一生，通过摄取食物和水，我们建造细胞，茁壮成长。这个过程是觉察不到的，只能偶尔观察到。我们知道这件事无时无刻不在发生，却弄不懂是怎么回事，为何如此。

同样的道理，我们的生活中充满声音、影像、气味、人、动物、风景、事件。我们用印象、经历、对这些事情的反应来填充自己。我们的潜意识里不只是各种事实、数据，还包括感受到场景事件后，我们所做出的趋近或疏远的反应。

而正是这一切，这样的食物，让缪斯成长。这好像是一个仓库，一个档案夹，当我们清醒的时候，所有的一切都被记录在这里，用现实检视记忆；而当我们入眠时，记忆便会检视记忆，就像用鬼魂去对抗鬼魂一样，如果必要的话，它们也会被抹去。

　　人们称为潜意识的东西，从创意的角度看，都是作家的缪斯，这两个词指的是同一件事。但不管如何称呼，这正是我们歌颂的个体独立思维，我们奉之为真理，在民主社会中所有人挂在嘴边的东西。这就是所谓的原创性。这是每个人都学过而又被遗忘的事：世界上的每个人都和其他人不同，没有任何人的人生经历会和他人一样，哪怕是相同的事件也发生在不同的时间。有些人遭遇死亡的年龄比较年轻，有些人则更快地坠入爱河。我们知道，在世界上不只有一百种元素，而是二十亿种，在分光镜和量尺下也会测出不同的结果。

　　我们知道每一个人都是如此全新和特别，即使是头脑迟钝、乏味无趣的人，如果我们愿意了解他，与他长谈，让他去做自己想做的事，最后问他，你想做什么？（如果那个人已经年老，也许可以说，你曾经想做的是什么？）每个人都会说出自己的梦想。如果一个人说出了自己内心的想法，在他生命中最关键的瞬间，他所说的一切都是诗。

　　对于我来说，这样的事情我已经经历了成千上万次。我和父亲关系不太和谐，直到最近才有所改善。在平时，他的言语和想法并没有什么特别的，但无论何时，当我说：

"父亲，说说你十七岁时在特姆斯通①的故事吧。"或是："跟我讲讲你二十岁时，在明尼苏达州的那片麦田。"他便会说起十六岁时离家出走的故事，他一路向西，那时候边境的围栏还没有立起来——没有公路，只有供马行走的驿道和铁路，那时的内华达州正值淘金热。

一切并不会在开始的几分钟中内发生，这些事所需要的节奏和语调还未出现，但当聊了五六分钟之后，他点着了烟斗，就在那一瞬间，他所有的热情又再次重现了，那段过去的日子，那些古老的旋律、天气、阳光洒落的情景、各种声音、深夜各方向路过的棚顶火车、监狱……轨道越变越窄，逐渐没入金色的沙尘之中，如同刚开始拓荒的西部——所有，所有这一切，那个节奏终于出现了。真相出现的时刻到来了，父亲谱写了他的诗篇。

缪斯突然在我父亲身边现身。
真相轻易地在他脑海中浮现。

潜意识就这样自然而然侃侃而谈，不受打扰，借父亲的口舌流动。

我们必须在写作中学会这么做。

---

① Tombstone，美国亚利桑那州的一个边境城市，曾因淘金热而繁荣一时，后在二十世纪初沦为鬼城。

就像我们从身边的每一个男人、女人、小孩身上所学到的那样，当他们深受触动时，就会说出他们的爱与恨，也许是今日，也许是昨天，也许是早已逝去的某天。在某个时刻，一滴水落到了保险丝上，迸射出火花，烟花由此绽放。

哦，对许多人来说，用语言表达会遇到困难，得放慢脚步，用些土方法才有可能做到。但我曾经听农民们讲述他们迁徙到另一个州之后，从初垦的农田里种出第一批小麦的经过，讲故事的人纵使不是罗伯特·弗罗斯特[①]，也能称得上是他的远房曾曾曾孙吧。我也曾听火车司机用托马斯·沃尔夫的口吻谈论美国，沃尔夫用自己的方式游历美国，而司机们坐在铁皮车中穿越美洲大陆。我听过不少母亲谈论自己首次生育时度过的漫漫长夜，她们担心自己的第一个孩子随时可能死去。我也听我的祖母聊起过她十七岁时第一次参加舞会的情景……当这些人的灵魂变得温热时，他们都是诗人。

我似乎经验丰富，颇有心得，也许吧。我想说的是，我们每个人都拥有的东西一直都存在，却很少有人留心注意。所以每当有人问我灵感从何而来，便会惹我发笑。多么奇怪——我们每天忙着从外界探索方法和技巧，却忽略了审视自我的内在。

[①] 罗伯特·弗罗斯特（Robert Frost, 1874—1963），20世纪美国诗人，其诗歌从农村生活中汲取题材，被称为"美国文学史中的桂冠诗人"。

而缪斯就是如此,她待在一座绚丽神奇的仓库中,完全为我们自己而存在,所有最原创性的想法都在那里等待着我们的召唤。不过就像我们知道的,这并没有那么容易。我们深知这编织出的图案多么脆弱,我们的叔父、朋友都曾经历过——只要一个错误的字眼,一扇猛然关闭的门,一辆呼啸而过的救火车,属于他们的那一刻便会灰飞烟灭。同样,尴尬和过剩的自我意识,过去曾经遭受过的批评,都足以扼杀一个人,让他在接下来的余生中,越来越难以敞开心扉。

这就是说,我们每个人都在用先前的生活经历养育自己,然后是用书籍和杂志,这两者的不同之处在于,前者是在我们身上发生的事件,后者则是我们强迫自己吸收的。如果我们要养育自己的潜意识,需要在菜单上准备些什么呢?

我们可以试着这么开始:

你生命中每一天都要读诗。诗有助于你放松平时不常用的肌肉,扩展你的感觉,让它保持在巅峰状态。诗歌让你感受自己的鼻子、眼睛、耳朵、舌头、双手。最重要的,诗歌是精心提炼出的明喻和隐喻,就像用纸叠成的纸花,展开后面积非常大。灵感在诗歌中无处不在,但我却很少听到短篇故事写作的指导老师推荐大家阅读诗歌。

我有一篇故事叫作《日落的海岸线》[①]，灵感就来自罗伯特·霍尔（Robert Hillyer）关于在普利茅斯岩附近寻找美人鱼的一首可爱诗歌[②]。还有一篇《细雨将至》[③]，是萨拉·蒂斯黛尔的同名诗歌，故事的主题也围绕着她诗歌的主题[④]。还有拜伦的那句"月光依然皎洁明亮"[⑤]，演变成了我的小说《火星编年史》中的一章[⑥]，为一个已经灭绝的火星物种发声，它们再也不会于深夜在海床中无声潜行了。在这些例子和其他数不尽的例子中，我看见的是某个隐喻跳到了我面前，让我转身完成一个新的故事。

具体要读哪些诗歌？任何能让你汗毛直立的诗歌都可以。别把自己逼得太紧，慢慢来，也许在多年后你就能追上艾略特[⑦]的脚步，与他齐头并进，甚至超过他，前往其他草原。你说你没办法读懂狄兰·托马斯？没关系，但你体内的神经会在你不知情的情况下感受到它，所有你出世

[①] 《日落的海岸线》（The Shoreline at Sunset），作者于 1959 年创作的小说。
[②] Elegy on a dead mermaid washed ashore at Plymouth Rock（1922），收录于 Robert Hillyer 诗选 The Hills Give Promise。
[③] 《细雨将至》（There Will Come Soft Rains），作者于 1950 年创作的短篇小说，收录于《火星编年史》。
[④] 萨拉·蒂斯黛尔（Sara Teasdale），美国诗人，她在《细雨将至》中描写了战后废墟的场景，被冷战时期文化及后来的废土文化所推崇，作者在同名故事里描述了类似的情景，只不过场景设置在了核战后。
[⑤] 出自拜伦的诗歌"So, We'll Go No More a Roving"。
[⑥] And the Moon Be Still As Bright，作者于 1948 年完成的短篇小说。
[⑦] 艾略特（T. S. Eliot，1988—1965），美国诗人，其作品对文学史影响深远，代表作《荒原》《四个四重奏》

的作品都会懂。阅读他的诗歌，犹如用你的双眼驾驭着马，策马奔腾于一望无际的绿色草原。

我们还能在我们的食谱里加些什么？

散文集。同样地，谨慎选择，几个世纪以来积累的作品都可以满足你的需要。在散文集不再受欢迎之前有很多选择。你可能永远没法预计何时想知道关于行人、饲养蜜蜂、雕刻墓碑抑或滚铁环游戏的什么好点子，是否有更好的角度去描写形容它们。你可以只当业余爱好者，但投入精力就能获得回报。事实上，就像往井里扔石子，每一次听到从潜意识传来的回声，你便更了解自己。微弱的回声或许会成为一个好想法的开始，而震耳欲聋的回声可能会让你创作一篇好故事。

在阅读过程中，寻找那些能够增强你对颜色，对这世上一切形态的感知的书籍。为什么不学着多感受嗅觉和听觉呢？你笔下的角色有时必须要会运用鼻子和耳朵，否则他们就会错过这城市里半数的气味和声音——那些在草地上、树上等等所有野性十足的声音。

为什么要坚持增强感受力？为了说服你的读者他已身临其境，你必须入侵他的每一种感受，用颜色、声音、气味和物体的质地去刺激他。如果你的读者能感受到阳光正灼烧着他的皮肤，微风吹动着他的衣袖，你的战斗就已经赢了一半，即使不可信的事情也会变得可信，而你的读者将确信自己正处于事情发生的当下,也就不能拒绝参与这一切了。事情的逻辑永远会屈服于感官的逻辑。当然,除非你犯了某个不可原谅的错误,让读者感觉脱离了场景,比如将自动机枪设定在美国独立战争的胜利中,或者让恐龙和原始人这些几百万年前的生物在美国战争中出现。虽然最后我们还是可以使用一台解释详细、技术发达的时光机打消人们的疑虑,但这样的假设毕竟荒谬。

除了诗歌和散文,短篇故事和小说又怎样呢?当然,要读那些你认同的,无论写作风格还是思考方式都值得你借鉴的作者的书。但是也要读那些风格和想法与你相左的作家,借此感受不同方面的刺激,或许有些路子是你多年来不会尝试的。同时别被其他人自大的看法所左右,让"吉卜林[①]的作品没人读了"这种话影响了你。

我们生活在擅长粗制滥造的时代和文化环境中,有时候很难去分辨哪些是垃圾,哪些是精品。有人会因此退缩,怯于表明自己的喜好。但是既然我们打算让自己更有内涵,从各个角度探寻真理,用各种方式考验自己的人生,包括来自他人的经验——连环漫画、电视节目、书籍、杂志、报纸、戏剧、电影等,我们就不该害怕别人知道我们

---

① 拉迪亚德·吉卜林(Rudyard Kipling,1865—1936),英国作家及诗人,在19世纪至20世纪曾非常受欢迎。

与谁臭味相投。我一直觉得自己和艾尔·卡普[①]笔下的漫画主人公小艾伯纳有交情，我觉得在《花生》[②]这部漫画作品中能学到大量的儿童心理学知识。长久以来，哈尔·福斯特[③]在他的漫画《王子勇士》中创造了一个真实存在的浪漫冒险的美妙世界。我从小就开始收集 J. R. 威廉姆斯（J. R. Williams）描写美国中产阶级的连环漫画《出发吧》，也许我之后的作品也受到了它的影响。我能感受到查理·卓别林（Charlie Chaplin）在一九三五年《摩登时代》中的一切，同时也能和一九六一年的阿道司·赫胥黎[④]成为笔友。我从来就不是同一个口味的死忠，我接纳一切，就像那个时代的美国一样。我有足够的感知力继续前进、学习和成长。在我的成长过程中，我从不自卑，也不会否认自己的出身来历。我从汤姆·斯威夫特[⑤]身上学习，也从乔治·奥威尔[⑥]身上学习。我喜欢埃德加·赖斯·巴勒斯创作的《泰

[①] 艾尔·卡普（Al Capp），美国漫画家，其笔下角色 Li'l Abner 最为著名。
[②] 美国连载漫画 Peanuts，其中史努比形象最为人们所熟知。
[③] 哈尔·福斯特（Hal Foster），美国漫画家，其笔下《王子勇士》(Prince Valiant)最为著名。
[④] 阿道司·赫胥黎（Aldous Huxley, 1894—1963），英国作家，代表作《美丽新世界》(Brave New World)。
[⑤] 汤姆·斯威夫特（Tom Swift），美国科幻小说主角，以其发明展开冒险故事，影响巨大，众多著名科幻作家比如阿西莫夫（Isaac Asimov）也都曾称 Tom Siwft 是他们的灵感来源。
[⑥] 乔治·奥威尔（George Orwell, 1903—1950），英国政治科幻作家，以小说《1984》而闻名于世。

山》(依然怀念那些旧时代的阅读乐趣),直到今天我也依然钟情于 C. S. 刘易斯的《魔鬼家书》①。我知道洛特兰·罗素②,也同样喜欢汤姆·米克斯③的电影,而我的缪斯就在这样好坏参半的环境中破壳而出。我就是这样一个人,念念不忘米开朗基罗在梵蒂冈的穹顶画作,同时也喜爱停播已久的广播剧《维克和萨德》④。

这一切究竟是如何起作用的?如果我用等量的垃圾和宝藏去喂养缪斯,那么在接下来的岁月中,我如何写出那些让人们可以接受的故事呢?

我相信将这一切连接起来的是一个关键点。我所做的每一件事都是出于我的热爱,因为我想要这么做,因为我喜欢。对我来说,伟大的人物某天可以是朗·钱尼⑤,可以是《公民凯恩》中的奥逊·威尔斯⑥,也可以是《亨利三世》中的劳伦斯·奥利弗⑦。伟大的人物会换,但有一件事却恒

---

① 《魔鬼家书》(*The Screwtape Letters*),英国作家 C. S. Lewis 作品,刘易斯以《纳尼亚传奇》(*The Chronicles of Narnia*)闻名于世。
② 洛特兰·罗素(Bertrand Russell,1872—1970),英国哲学家,数学家。
③ 汤姆·米克斯(Tom Mix,1880—1940),美国电影演员,对早期西部电影影响至深。
④ 《维克和萨德》(*Vic and Sade*),美国著名情景喜剧电台节目,曾获得空前成功。
⑤ 朗·钱尼(Lon Chaney,1883—1930),美国著名默片演员,代表作品《钟楼怪人》《歌剧魅影》。
⑥ 奥逊·威尔斯(Orson Welles,1915—1985),美国导演,演员,其电影《公民凯恩》获得巨大成功。
⑦ 劳伦斯·奥利弗(Laurence Olivier,1907—1989),美国演员,导演,制片人。

久不变：热忱，狂热和喜悦。我想如此，我便如此。我想在何处施肥，那里便会播种。我记得有一次在老家看到一场前所未有的精彩绝伦的演出，离开时我的内心充满惊喜，手里还抓着魔术师黑石给我的活兔子！也记得在一九三三年的芝加哥，我满怀惊讶地漫步在世界博览会的纸玩偶大街；我当然不会忘记，一九五四年在意大利威尼斯总督宫殿大厅散步，同样令我大开眼界。每件事对我来说都有着完全不同的冲击力，而我同样能吸收它们的独到之处。

这并不代表我们对所有的事情都要有类似的反应。首先，这根本不可能。十岁时我可以接受凡尔纳，却对赫胥黎毫无兴趣。十八岁时，我能读托马斯·沃尔夫，巴克·罗杰斯却被抛在脑后。三十岁时，我发现了梅尔维尔[①]的迷人之处，托马斯·沃尔夫则被遗忘在一旁。

但不变的是：去寻找，去发现，去欣赏，去热爱。对手边的素材做出最真实的回应，即使有一天你回头看时，觉得它们是如此破旧寒酸。十岁时我寄了一封信，希望能得到一个廉价的非洲大猩猩陶瓷雕像，那是寄出一袋 Fould 牌通心粉包装就能得到的奖励。邮递员送来这个大猩猩雕像时，受到了米开朗基罗揭幕大卫雕像那样盛大的欢迎仪式。

---

① 赫尔曼·梅尔维尔（Herman Melville，1819—1891），美国小说家、散文家、诗人，代表作品《白鲸》《水手比利·巴德》。

我们花了大把的时间去讨论养育缪斯，对我来说它是追逐爱的脚步，是检查反省这些爱是否有违现在或未来的需求，是运动和成长——从缺乏内涵到内心错综复杂，从天真到成熟，从不理智到充满智慧。没有任何事会被遗忘。如果你涉猎广泛，你仍然能够学习探索各式各样的艺术形式。从糟糕的广播剧到好看的戏剧演出，从摇篮曲到交响乐，从"丛林小屋"到卡夫卡的《城堡》，你都能从中发现真理，保存它们，仔细品味，也许某天就能用得上。当你还是个孩子时，这正是你所做的。

绝不要，为了金钱将你毕生收集的材料抛弃。

绝不要，为了获得出版社赏识或其他虚名，背叛你自己的内心——这些材料都是让你成为独一无二的元素，对于其他人也同样不可或缺。

所以养育你的缪斯，当你是个孩子时就该不断地渴求生活，如果你不是孩子，现在开始可能有点迟了，但总比从未开始要好。你准备好开始了吗？

这意味着你要深夜游荡城市，白天进入乡间，在任何时间，都能在图书馆或书店泡上一整天。

养育缪斯的最后一个问题来了，我们该如何留住缪斯，保持灵感？

缪斯必须是有形的，你在接下来的十年甚至二十年的时光中，必须坚持每天写一千字，试着让你的缪斯开始显形。学习足够多的文法，学习构建一个故事，让这个过程变成潜意识里的一部分，才不会遏制或者扭曲缪斯。

好好生活，观察你的生活，养成良好的阅读习惯，探索你所阅读的内容，用来养育你最原始的缪斯。时时刻刻练习你的写作，反复训练、模仿，便能够打造出一个留住缪斯的洁净光明的空间。你需要让她、他或者它，随便你怎么称呼，有空间去释放。训练过程中，你已经能放松自己，在灵感来临时，它便会自然地进入这个空间。

你已经学会了在灵感来临的第一时间找到打字机并把它们敲在纸上。

你已经知道了之前我们提出的那个问题的答案：创意本身是响亮之音还是柔和低语？

响亮的，热情的声音似乎更讨喜。这种声音产生于冲突和对立之中。坐在打字机前，挑选形形色色的字体，让他们一同释放，敲击出巨大的声响。须臾之间，你隐藏的自我会被唤醒，我们都热衷决断与宣告，有人大声表示同意，有人大声表示反对。

这并不是说安静的故事被排除在外了。安静的故事也同样能够让人感到兴奋和激情，在断臂维纳斯的宁静之美中也蕴含着惊心动魄，观察在这里变得和作品一样重要。

我们要确信，当真爱开口，当仰慕发生，当兴奋出现，当憎恨如烟雾般升起，你需要永远相信创意时时刻刻在跟随着你。你创造力的核心,也就是你故事中主角的核心。你的角色想要做什么,他的梦想是什么,他该如何去表达?他所表达的,便是他生命的真谛,你作为创造者的生命的源泉。在真理出现的时刻,潜意识会让废弃的档案变成天使笔下的黄金圣书。

看看你自己,仔细想想你如何养育自己的一切,用一场盛宴,还是吃不饱的一餐?

你的朋友是谁,他们相信你吗?他们的怀疑和耻笑是否阻止了你的成长?如果是后者,那说明你没有朋友,去结交一些真正的朋友吧。

最后,你有没有好好训练,让自己说出的话不偏离轨道?你的写作是否能让你足够放松,写出真实,而不会因为你的自我意识和故作姿态毁了一切,或因为金钱而改变初衷?

好的养育意味着成长。持久地工作,就能保持最佳的学习状态。体验,劳动,它们就像铜板的两面。铜板旋转时既不是正面也不是反面,而是一种天启的瞬间。硬币会在视觉错觉下,旋转成一个浑圆明亮的球体。在那一瞬间,门廊上的摇椅咿呀作响,说话的声音出现了,父亲讲述着自己的青春岁月,所有人都屏气凝神,听着那音调的高低起伏,灵魂从他的嘴边升起,潜意识翻了个身,揉了揉双眼,将那些词语变成了诗歌,但没有人在意,因为从没有人想过要如此称呼它。时光静静躺在那儿,爱也是如此,故事同样。一个饱食的男人保持了一段属于自己的永恒时光,他静静地诉说。在夏日的夜晚,那听起来是如此不凡,已经过了这么久,总有一个男人诉说着故事,而其他人保持安静,仔细倾听。

笔记

我记得的第一个电影明星是朗·钱尼。

我画的第一幅画是骷髅。

我第一次产生敬畏之心,是在俄亥俄州的夏季夜里看见了星星。

我读的第一个故事是刊载在《惊奇故事》杂志上的[1]。

我第一次离家是去纽约,看泰隆尖角塔影子笼罩着圆球的未来世界。

我做的第一个决定是关于职业,当时我十一岁,我想成为一个魔术师,并幻想着世界巡演。

我做第二个决定时十二岁,在圣诞节拿到了一台打字机的我决定成为一名作家。梦想成真前的八年时间,我经历了初中、高中,在洛杉矶的街角卖报的日子,那时候我

---

[1] 指的是《信》(*Letter*),作为作者第一篇文章刊载于《惊奇故事》(*Amazing Stories*)1939 年,9 月号。

已经写了三百万字。

我的作品第一次被刊载在罗伯·瓦格纳的《剧本》(Script)[①]杂志,那年我二十岁。

我第二次成功售出故事是给《惊悚怪奇故事》(Thrilling Wonder Stories)。

第三次是给《怪谭故事》。

从那时起到现在,我已经卖掉了二百五十个故事,遍及美国所有的杂志,另外我还给约翰·休斯敦撰写《白鲸》的剧本。

我给《怪谭故事》写了关于郎·钱尼和骷髅人的故事[②]。

我在《蒲公英酒》这一小说中写到了伊利诺伊州和荒野。

我写了关于伊利诺伊州的那些星星,作为一个新的系列。

我创造了未来世界,很像小时候在纽约展会上看到的那个。

后来我下定决心——那是很晚的事情了,我绝不放弃我的第一个梦想。

我不管你承认与否,我已经是某种形式的魔术师,我

[①] 指 Robert Leicester Wagner 冠名出版的电影杂志,作者曾在其上刊登多篇小说,很多从未收录于任何短篇小说集中。
[②] 《骨骼》(Skeleton),作者于1945年创作的短篇小说。

和胡迪尼[①]有一半相同的血统，是黑石用兔子换来的儿子，出生在一个古老戏院的舞台下（我的中间名是道格拉斯，我在一九二零年出生时，范朋克[②]正大红大紫），我会在最成熟的时机——跨出人生最后也是最重要的一步，走出故土的那片大海，离开个人的洞穴，踏出庇护我的土地，这样就永远不会倒下。

总而言之，我由大量的内容混杂而成，是这个时代的产物，在新年狂欢之中独自生存。

我生活在一个伟大的时代，如果可以，我也希望死在同样伟大的时代。任何一个值得尊敬的魔术师，都会告诉你相同的话。

---

① 哈里·胡迪尼（Harry Houdini，1874—1926）匈牙利裔美国魔术师，享誉国际的逃脱艺术家。
② 道格拉斯·范朋克（Douglas Fairbanks，1883—1939）美国演员，参演作品有：《铁面具》(*The Iron Mask*)《宾虚》(*Ben-Hur*)等。

第四章　酩酊大醉，放手一搏

一九五三年，我为《国家杂志》(*National Journal*)写了一篇文章，以科幻作家的身份捍卫自己的作品，虽然我每年只有三分之一的作品是科幻小说。

几周后的五月底，我收到了一封来自意大利的信件。在信件的背面，歪七扭八的字迹写着：

> B. 博瑞森
> I Tatti，塞蒂尼亚诺 [1]
> 佛罗伦萨，意大利

我转过头跟我妻子说："我的天，这该不会是那个有名

---

[1] Villa I Tatti，位于意大利的文艺复兴研究中心，由博瑞森建立。

的艺术学家,那个博瑞森那寄来吧。"

我妻子说:"拆开读读看。"

我拆了信,信里这样写道:

在我八十九年的生活中,这是我第一封写给偶像的信,我要告诉你,我读完《国家杂志》上你的文章《明日之后》(Day After Tomorrow—Why Science Fiction?)了,这是我第一次在某个领域听闻某个艺术家做出这样的声明——为了激发灵感,就得先身心投入,像云雀一样享受,像冒险那样大胆。职业作家竟然和之前的写手有如此不同!如果你来佛罗伦萨,希望你能来见我。

你的挚友,B.博瑞森

在我三十岁的时候,终于有人开始认同我观察世界,写作和生活的方式了,这个人就像我的第二个父亲。

我需要这样的认同。我们都需要那些地位更高,更有智慧的长者告诉我们,我们的所作所为并不疯狂,我们正在做的可能还行。好吧,见鬼,是很好!

有时你很容易怀疑自己,你看到周围的作家和知识分子,他们的想法让你脸红和愧疚。写作应该是困难的、艰辛的、可怕的体验,这是一个糟糕的职业。

可我的故事贯穿着我的人生,他们大呼小叫,我跟随他们。他们狂奔,在我的腿上咬了一口——作为回应,我把这一切都写了下来。当我完成时,咬在我腿上的伤疤便彻底消失了。

这就是我拥有的生活。如同爱尔兰警方曾经在报告上写的那样:"在自行车上酒驾。"它的意思是,醉酒人生,不关心也不知道接下来将要走向何处。然而在破晓前,你会一直在路上。这段旅程一半是惊恐,另一半是单纯的兴奋。

当我三岁的时候,我的母亲每星期都会偷偷把我带进电影院两三次。我看的第一部电影是朗·钱尼主演的《钟楼怪人》①,从遥远的一九二三年那天开始,我就觉得我的脊椎也跟着电影一块发生了扭曲,永远无法复原了,而我的想象力也发生了彻底的变化。那之后的一小时,我就能分辨出谁和我同样热衷于黑暗,谁的品味和我一样怪异。我看了一遍又一遍钱尼的电影,享受着被惊吓的快乐。《剧院魅影》里他披着猩红色的披风,向下俯看着我的人生。除了《剧院魅影》,还有《猫与金丝雀》②中那双藏在书柜背后的手,它命令我走进去,到书本里寻找更多隐藏的黑暗。

从那时开始,我疯狂地爱上了怪物、骷髅、马戏团、嘉年华和恐龙,最后是红色星球——火星。

我用这些原始的地基建起了自己的生活和事业,对这

---

① 《钟楼怪人》(*The Hunchback of Notre Dame*),1923年美国恐怖默片电影。
② 《猫与金丝雀》(*The Cat and the Canary*),美国默片恐怖电影。

些事物的喜爱，让我找到了自己的存在，和一切的美好。

换句话说，我身处马戏团时并不觉得尴尬，而有些人不喜欢这样的感觉。马戏团吵闹，庸俗，在太阳下散发出难闻的味道。许多人到了十四五岁的时候，会一点一点摆脱内心的爱好和最原始的感受，直到成年，他们身上已经完全没有了乐趣，变得枯燥乏味。当别人批评他们时，他们也自我批评，然后陷入窘迫。所以某个黑暗寒冷的夏天早晨，马戏团伴随着汽笛风琴的声音于凌晨五点抵达，他们不会醒来，跑去一探究竟，而是翻个身，继续进入梦乡，让生命平静地流逝。

但是我会起身奔跑。我9岁时就知道自己是对的。巴克·罗杰斯那年在我的生命中出现，我疯狂地迷恋他。我收集了每日连载漫画，沉迷其中。朋友们批评嘲笑我，于是我撕碎了漫画。之后隔了整整一个月，我都待在四年级的教室里，失落又空虚。有一天，我终于大哭了一场，思考我到底遭遇了什么不幸才会变成这样。答案很简单：巴克·罗杰斯。他离开了，我的人生也就不再值得继续了。但我接下来思考的是：这些人并不是我的朋友，他们害我撕碎了我的漫画，我的人生也从此被一撕为二，他们成了我的敌人。

我又开始收集巴克·罗杰斯，生活又重新变得快乐。我开始写科幻小说，后来，我再也不在意其他人对我热爱科幻旅行、马戏团表演和大猩猩的指手画脚。每当再发生这种情况，我便带上我的恐龙，离开那里。

因为，你看，这一切就是我的避难所，倘若没有它们保护我的眼睛和头脑，那么当我准备开始写作时，拥有的大概只有一堆琐碎无用的事。

《草原》①就是一个很好的例子，可以用来解释满脑子图像、神话和玩具是什么情况。大约三十年前的某一天，我坐在打字机前，敲下"游戏室"几个字。在哪里的游戏室？过去的？现在的？未来的？当然是未来的！游戏室在未来多年后是什么样子呢？于是我开始打字，用文字建造起这个房间。这样的游戏室每面墙壁上都应该装满电视屏幕，就连天花板也是。小孩子走进这里，只要高喊"尼罗河！狮身人面像！金字塔！"这些景象就会出现。立体的影像和声效将环绕着他。为什么不再来点别的呢？他可以感受到温暖的气味，只要为鼻子选一种！

我快速敲打了几秒钟，这些东西都跑出来了。这个房间存在了，现在要把角色放进来。我写下一个叫乔治的角色，让他坐在未来的厨房里，他的妻子转身对他说："乔治，我想你去看看游戏室，它好像坏了……"

乔治和他妻子走到了房间的一头，我跟在他们身后，疯狂地打着字，不知道接下来会发生什么。他们打开游戏

---

① 《草原》(*The Veldt*)，作者于 1950 年创作的短篇小说。

室的门走了进去。

非洲，艳阳高照，秃鹫，腐肉和狮子。

两个小时后，狮子从游戏室的墙壁里跳了出来，吃掉了乔治和他的妻子，而他们的小孩已经被电视控制，坐在那里喝茶。

最后一个词输入完毕。结局已经讲完了。整个故事已经完成，可以邮寄出去了，从一个点子爆发到这个故事完成大概只用了一百二十分钟。

那么屋子里的那些狮子到底是从哪儿来的？

是我十岁时，在镇上的图书馆里看到的狮子；是我五岁时，在马戏团看到的狮子；是一九二四年，朗·钱尼的电影《挨了耳光的男人》[①]中伏行的狮子！

一九二四年！毫无疑问，是一九二四年。我直到去年才又看了朗·钱尼的这部电影。那头狮子在荧幕里一跃过，而我知道这就是我在《草原》里描写过的狮子。这些年来，它潜伏，静思，在我直觉的庇护下，等待了如此之久。

因为我是那种特别的怪胎，心里住着一个什么都记得的孩子。我记得我出生的时刻。我记得出生后第四天我接受了割礼，我记得我如何伏在母亲胸前喝奶。多年后，我向母亲问起关于割礼的事，我知道一些没人告诉我的事情，

---

① 《挨了耳光的男人》(*He Who Gets Slapped*)，1924 年的美国电影。

因为没有必要对一个孩子说这些，特别是在那个还留存着维多利亚时期保守风气的年代。我是在我出生的地方进行的割礼吗？当然。父亲带我到的诊所，我记得那个医生，也记得他那把手术刀。

二十六年后，我写下了《小刺客》这篇故事，讲述了一个婴儿生下来便拥有知觉，他对突然步入这个冰冷的世界感到恐惧，决定向自己的父母复仇。夜晚他悄悄地爬行，杀死了自己的父母。

这一切都是从什么时候开始的？所有的一切都是从一九三二年开始的，那年的夏天、秋天和初冬之时，我沉浸在巴克·罗杰斯，埃德加·赖斯·巴勒斯的小说，以及深夜电台节目《魔术师禅度》[1]中。禅度所说的魔法和灵媒的召唤术，以及远东的奇异国度让我每晚都坐在收音机前，靠记忆写出每天节目的剧本。

这一系列魔术和神话跟着雷龙跌下楼梯，接着又和欧帕城的拉女王[2]一起出现，所有这些都混合、摇匀，变成了一个新的代表，那就是"电流先生"[3]。

---

[1]《魔术师禅度》(*Chandu the Magician*)，1932年的广播系列剧，后被改编为电影，讲述了主角在印度学习魔法后拯救世界的故事。
[2] La of Opar，La是泰山系列小说中的女王，Opar是其中的虚构城市，位于非洲。
[3] Mr. Electrico，关于电流先生具体是谁一直长期被作者的粉丝调查，但作者给出的信息并不能与马戏团的历史记载相吻合，所以至今没有结论。

第四章 酩酊大醉，放手一搏

他跟着马戏团"迪克兄弟综合秀"一起抵达了镇上，那是一九三二年劳动节的周末，我十二岁。连续三个晚上，我看着电流先生坐在电椅上，他让十亿伏特的蓝色电流穿过他的身体，烧得火花四溅。他朝观众们伸出手，他的眼睛着了火，头顶的白发立了起来，火花从牙齿间迸射而出。他拿着一把王者之剑[①]，在孩子们的头上扫过，用火焰为我们册封骑士。他向我走来时，用剑敲打了我两边的肩膀，指着我的鼻尖，一头扎进我的身体，电流先生吼叫道："永生不死！"

这是我听过最棒的想法。第二天，我找借口说魔法棒无法使用，终于又见到了"电流先生"。他修好道具之后带我到处参观。在每进帐篷之前，他都要大吼一声"说话干净点！"我在那见到了侏儒、杂技演员、胖女人和文身的男人。

我们一路走到密西西比湖旁，在那，电流先生给我讲了他的小小哲学，我则讲了我的伟大目标。我永远不知道为什么他当时愿意忍受我，但他真的在听我讲话，至少看起来在听。也许是他离家太远了，也许他在世界上的某个地方有个儿子，或者他只是想有一个儿子。不管怎么说，他告诉我他本是一个长老教会的牧师，后来被辞退了。他

---

① 王者之剑是在亚瑟王传说中出现的魔法圣剑，可以称得上是后世骑士文学中，英雄多半持著名剑、宝剑传统的开端。

住在伊利诺伊州的卡里奥，我可以随时写信给他。

最后，他告诉了我一件特别的事情。

"我们以前曾见过"他说，"在一九一八年巴黎的时候，你曾是我最好的朋友，你在阿登森林的战斗中牺牲了，死在了我怀里。现在你又回来了，你重生了，有了新的名字和身体，欢迎归来！"

和电流先生见面后，我跌跌撞撞地离开了，我为自己得到的两份礼物兴奋不已。一个是我曾经活过一次（而且他告诉了我），另一个则是我要想办法长生不死。

在几周后，我开始写第一篇火星的故事，从那时到现在，我从来没有停止过。愿上帝保佑电流先生，他的激励促成了这一切，不管他身在何处。

考虑到上述的方方面面，我的写作生涯必然是在阁楼发生的。从十二岁一直到二十二三岁，我都是过了午夜时分才开始写故事。有别于传统的鬼故事，我的故事是关于闹鬼之地、那些我在充满腋臭的嘉年华看到的瓶中之物、被湖水大浪卷走的朋友、凌晨三点的三人演奏、在黑暗中飞行的灵魂 —— 只要在阳光下现身便会被射杀。

我花了好多年才摆脱了阁楼上写的那些故事，我终于接受了自己只是个凡人（青少年常见的关注点），我开始写卧室，写外面的草地与阳光 —— 那里蒲公英正在盛开，随时准备酿成酒。

第四章 酩酊大醉，放手一搏

在七月四日国庆日的草坪上，我和亲戚们相聚，这让我写出了伊利诺伊州的绿镇故事。跟随巴勒斯和卡特的建议，我带着自己的行李，和我的叔伯、阿姨、父母兄弟们一起去了火星。当我抵达火星之后，发现他们已经在那里等待着我，或者那是长相和他们相似的火星人，打算骗我直到老死。后来。绿镇的故事意外地变成了一部叫《蒲公英酒》的小说，而红色星球的故事则跌跌撞撞地变成了《火星编年史》。两部小说都在同一年完成，那一年我跑到祖父母家外头，从接雨水的桶中倾倒出所有的回忆，所有的神话，所有这些年的关联词。

这段时间，我将自己的亲戚重新设定为吸血鬼，住在和《蒲公英酒》故事中差不多的城镇，在火星的第三次考察终止后，这个黑暗的衍生故事诞生了。于是我的人生开始有了三种样貌：城镇的探索者、星际旅行者，还跟着德古拉公爵的美国表亲一起漫游。

我发现连一半都没讲到呢，到目前为止我还没有提到一种生物，它在噩梦中诞生，又因为寂寞和绝望被遗忘——恐龙。从我十七岁到二十三岁之间，我写了小半打关于恐龙的故事。

有一天晚上，我和妻子沿着加州威尼斯的海滩散步，我们刚刚新婚，住在海边一个月租三十美元的公寓里。我们来到了威尼斯堤岸边，眺望那座倒在沙滩上的过山车，那些支架轨道和绳索被海水全部冲到了岸边。

"那儿怎么有一头恐龙倒在沙滩上?"我问道。

妻子非常聪明,她没有回答我。

第二天夜里,我有了答案。晚上睡觉时,我被一个声音唤醒,我起身,聆听,孤独的声音在圣莫妮卡的雾角响起,一次又一次。

原来如此!我心想。恐龙听见灯塔的雾角被吹响,误以为遥远过去的另一只恐龙正在苏醒,便想游到对面去,当发现那只是雾角的声音时,它伤心而死。

我从床上跳起来,写下了这篇故事,寄给了《周六晚间邮报》[1],报纸很快刊登了这篇故事,标题名为《雾角》,两年后这个故事以《两万吨的深海怪兽》的名字改编成了电影并成功上映[2]。

一九五三年,约翰·休斯顿[3]读到了这篇故事,问我愿不愿意为他的电影《白鲸记》写剧本。我同意了,从恐龙这头怪兽写到了下一头怪兽白鲸。

因为《白鲸记》的关系,我重新检视了梅尔维尔和朱尔斯·凡尔纳的一生,比较两人笔下所描写的疯狂船长,写

---

[1] 《周六晚间邮报》(*Saturday Evening Post*),美国报纸,内容以短篇小说漫画时评为主,曾深受中产阶级欢迎。
[2] 《雾角》(*The Fog Horn*),作者于 1951 年创作的小说,后改编成电影。
[3] 约翰·休斯顿(John Huston),美国导演,曾执导《马耳他之鹰》《白鲸记》等。

了一篇文章,作为《海底两万里》新译本的介绍。一九六四年,纽约世界博览会工作人员读到了这篇文章,他们找到我,让我帮助美国馆高层规划展览。

因为美国馆的缘故,迪士尼公司雇我协助规划他们梦中的建筑,最后它变成了佛罗里达州迪士尼世界里"艾波卡特主题公园"的太空世界。那相当于一个永久性的世界博览会,于一九八二年开始启用,在那栋建筑中,我加入了人类的历史,让人们在时光中来回旅行,猛然踏入我们在太空中的疯狂未来。

包括恐龙。

我所有的活动,所有的成长,所有的新工作和喜好,都和我对怪兽本能的爱好有关,这份爱好创造了一切。在我五岁的时候,我第一次看到恐龙便爱上了这种怪兽,直到我二十、三十岁时依然爱它。

看看我写的故事,你可能只能找到一两篇是真正发生在我身上的,我这一生都在抗拒,抗拒被别人指派前往某地,学习领会什么地方色彩、土著人文和大陆样貌。我很早之前就知道,我不是直接观察的作者,大部分时间我通过潜意识吸收一切。这要用上好几年,我需要用某个记忆碎片的时候,它们才会冒出来。

年轻的时候我在洛杉矶的墨西哥区居住,我的大多数拉丁故事都是在离开那之后的几年写的。只有一个例外,那是我亲身经历的可怕体验。一九四五年年末，二战刚刚结束，有个朋友邀请我开一台"老福特V-8"去墨西哥城旅行，我提醒他我生活窘迫，他却嘲笑我是个懦夫，问我为什么没有勇气把藏起的三四篇故事寄出去。我之所以要藏起那些故事，是因为那些故事被好几家杂志社拒绝过。但朋友的一番话却点醒了我，我把所有的故事都拿出来，以威廉·艾略特的笔名寄了出去。为什么要用笔名？因为我担心曼哈顿有些编辑可能在《怪谭故事》的封面上看到过布雷德伯里这个名字，怕他们会对我有偏见，觉得我是个写低俗文学的作家。

一九四八年的第二周，我将三篇短篇故事分别寄给了三家不同的杂志社。结果在八月二十日，其中一篇故事被《迷人》（Charm）杂志买走，八月二十一日，另一篇故事卖给了《小姐》（Mademoiselle）杂志，八月二十二日，也就是我二十五岁的生日，我把第三个故事卖给了《科利尔》（Collier's）杂志，稿费加起来有一千多美元，相当于今天一万美金那么多。

我发财了，或者说很接近，这吓得我目瞪口呆。这是我生命中的转折点，我马上给这三家杂志社的编辑写信，承认我的真实姓名是布雷德伯里。

这三篇故事都被收录在一九六四年由玛莎·福利[①]编辑

[①] 玛莎·福利（Martha Foley），编辑，与丈夫成立杂志社"Story"，1941年开始成为了《美国最佳短篇故事》（The Best American Short Stories）丛书的编辑，致力于收录美国文学中优秀的小说。

的《美国最佳短篇故事》中。

这笔钱让我去了一趟墨西哥城,到瓜纳华托州见识了地下墓穴里的木乃伊。这次经验让我备受惊吓,我几乎等不及要逃离墨西哥。我噩梦不断,梦见自己死后和他们一样,尸体被撑着绑了起来。为了驱散恐惧,我马上写了一篇名叫《下一个就是你》[1]的故事。这是我为数不多的体验,将当下的经验马上转化成作品。

墨西哥已经说完了,那么爱尔兰呢?

我的作品中有各式各样关于爱尔兰的故事,因为在都柏林住了六个月之后,我发现我遇到的绝大部分爱尔兰人为了面对名为"现实"的可怕猛兽,可以说用尽了各种方法。你可以抱着头向前冲,这个想法很可怕。你也可以绕在野兽旁边,戳戳看,跳一支舞,写一首歌,写一篇故事,滔滔不绝地闲扯或把口袋里的扁酒瓶装得满满的,这里面的每一样都是爱尔兰故事中的常见元素,而在这种糟糕的天气和濒临崩溃的政治氛围下,每一样都是真实的。

我逐渐认识了都柏林街头的每一个乞丐:在欧康纳特桥附近的钢琴疯子,他磨过的咖啡豆比钢琴能弹出的曲调还要多。还有那些手上抱着婴儿的乞丐,婴儿大多是跟某个饱经风霜的乞丐群体借来的,所以你这时候能在格雷夫

---

[1] 《下一个就是你》(*The Next in Line*),收录于短篇小说集《十月国度》。

敦街上看到这孩子，接下来他也会在皇家喜伯年宾馆附近出现，午夜时分又被抱到河边。我从没打算写这些故事，但我需要大喊，宣泄我愤怒的泪水。某天晚上，在强烈的怀疑和在某个雨中漫步的幽魂哀求下，我写下了《麦克拉希的小坏蛋》[1]。我造访了某个爱尔兰大地主留下的旧家产，东西多数已经被烧毁殆尽，但谣言说，有一个地方的火灾从没被扑灭过，于是我写下了《此地燃起恶火》[2]。

《国歌逃兵》是由我在爱尔兰的另一次经历变成的一篇故事。某个下雨的夜晚，我想起曾经无数次，我和妻子拔腿奔出都柏林的电影院，为了冲向出口，我们左右推搡着老人和小孩，努力在爱尔兰国歌响起前从出口离开。

但我是怎么开始写作生涯的呢？从遇到电流先生的那一年，我每天要写一千字，有十年的时间，我每周至少写一篇短篇故事，那时候我总觉得，我迟早能自成一派，写出一条路来。

一九四二年，我写出了《湖》这篇小说，那一天终于到来。十年来做错的每一件事突然都对了——对的想法，对的场景，对的角色，对的一天，灵感在对的时间到来。

---

[1] 《麦克拉希的小坏蛋》(*McGillahee's Brat*)，作者于 1970 年创作的短篇小说。
[2] 《此地燃起恶火》(*The Terrible Conflagration up at the Place*)，作者于 1969 年创作的短篇小说，收录于短篇小说集《我歌唱身体的电！》(*I Sing the Body Electric!*)。

我当时坐在屋外,打字机放在草地上,一个小时之后故事完成了,我脖子后的汗毛竖起,热泪盈眶。我知道我完成了人生中一篇真正意义上的好故事。

二十岁出头时,我写作的过程是这样的:星期一早晨,写出新故事的第一篇草稿,星期二修改完成第二篇草稿,星期三写第三次,以此类推,直到星期六上午,我便将第六次也是最后一次草稿寄到纽约。星期天?脑中那些推来挤去所有能引起我注意的疯狂点子都藏在"阁楼的门板下"。因为《湖》这个故事,我终于相信自己能够将这些点子一口气释放。

这一切听起来很机械,其实并非如此,我一直在用想法推动自己,而你做得越多,就越想做。你会变得贪婪,这令你愉悦,兴奋得无法睡觉,因为像野兽一样狂热的想法会跑出来,在床上改变你。能这样生活简直太棒了。

另一个促使我大量写作的原因是,小说杂志会支付稿费,每篇二十美元到四十美元。我的生活并非无忧无虑,每个月我至少需要卖出一篇故事,当然两篇最好,这样我才能有余钱,用来吃热狗、汉堡,搭电车。

到了一九四九年,我卖了大概四十篇故事,但我每年的收入只有八百美金。

我突然意识到,在我的小说合集中有很多可以单独拿出来聊的。这里特别要提一下《黑色摩天轮》①,在23年前的一个秋天,这篇故事从一篇极短的故事,改编成了一个剧本,然后又变成了小说《当邪恶来敲门》②。

《雨下不停的那天》③是某个下午我跟自己玩的一次词汇联想游戏,当时我想着炙热的太阳、沙漠,还有一把能改变天气的竖琴。

《告别》④是发生在我祖母身上的真实故事,她七十多岁时还在屋顶上钉钉子。那时我三岁,她准备自己去睡觉,对每个人道别后就这样长辞于世。

《呼叫墨西哥》⑤这个故事是我在1946年午后拜访一位朋友时偶然写成的,当时我走进了他的房间,他把电话递给我,说:"听。"我仔细地听着,听到了两千英里外来自墨西哥城的声音。回家之后我写下了这次电话经历,原本打算写信给巴黎的朋友说这件事,结果写着写着写成了一篇

---

① 《黑色摩天轮》(*The Black Ferris*),作者在1948年完成的一篇短篇小说,后来改编成电视剧《布雷德伯里的剧场》(*The Ray Bradbury Theatre*)中的一集。
② 《当邪恶来敲门》(*Something Wicked This Way Comes*),作者于1962年出版的小说。
③ 《雨下不停的那天》(*The Day It Rained Forever*),作者于1957年的短篇小说,收录于同名短篇小说集。
④ 《告别》(*The Leave-Taking*),收录于《雷·布雷德伯里故事集》(*The Stories of Ray Bradbury*)。
⑤ 《呼叫墨西哥》(*Calling Mexico*),作者于1950年创作的短篇小说,收录于《蒲公英酒》。

故事，当天我就投了稿。

《毕加索之夏》[1]讲述了某天傍晚，我和朋友还有他的妻子沿着海岸线散步。我捡起一根冰棍的棒子在沙滩上画画，我说："这是不是很糟，如果你一生都希望拥有一幅毕加索的画作，结果突然遇见他在这沙滩上画神话怪兽……就在你面前，出现了你的毕加索专属蚀刻……"

凌晨两点，我完成了这篇故事，沙滩上的毕加索。

《遇见爸爸的鹦鹉》[2]是关于海明威的故事。一九五二年的某天晚上，我和朋友开车到洛杉矶的另一边去"突击拜访"一家印刷厂。《生活》(Life)杂志当时正在那儿印刷，那一期有海明威的《老人与海》。我们从印刷机旁拿走新鲜出炉的杂志，坐在附近的一家酒吧，谈着海明威，爸爸，还有他在古巴的故居"眺望田庄"，然后无意间聊到酒吧有一只鹦鹉，曾经每天晚上都和海明威聊天。我回到家中写下了关于那只鹦鹉的笔记，然后放到一旁，十六年后，一九六八年，我翻阅档案夹时发现了这则笔记，于是得到了标题"遇见爸爸的鹦鹉"。

我的天啊，我想，我的父亲都去世了快八年了，若是那只鹦鹉还在，还记得海明威，还能用他的声音说话，那

---

[1] 《毕加索之夏》(The Picasso Summer)，收录于《雷·布雷德伯里故事集》。
[2] 《遇见爸爸的鹦鹉》(The Parrot Who Met Papa)，收录于《午夜之后》(Long After Midnight)。

它可就价值连城了。如果有人绑架那只鹦鹉,并要求支付赎金呢?

《新居异谈》①,这个故事的缘起是约翰·戈德利(John Godley),基尔布拉肯(Kilbracken)勋爵,他从爱尔兰寄信过来,描述了参观的一间房子被烧毁后又按原样用石头重新建造的事。我读完他的明信片后不到半天,故事的第一版草稿就写好了。

这已经足够了,你应该已经了解,在我人生这四十年的岁月里,我的小说集收录了一百多篇故事,其中有一半是我在夜晚所怀疑的可怕事实,另一半则是第二天中午我重新找到并用它拯救了一切的真相。如果我在这里面学到什么,简而言之,那就是要绘制出生命的路径,然后行进到某处——真正地走过去。我这一生并没有太多想法,大部分时间都是在行动,看看自己做了什么,做完之后又会变成怎样的人。我的每个故事都是对自我的全新发现,而我每天发现的自我,都和二十四小时前的我有所不同。

而这一切都开始于一九三二年的秋天,电流先生送给我的那两样礼物。我不知道自己是否真的相信前世,也不确定自己是否能长生不死。但那个年轻的男孩相信这一切,而我也让他继续抱持这个想法。他帮我完成我的故事和书,

---

① 《新居异谈》(*The Haunting of the New*),作者于1968年创作的短篇小说,收录于《我歌唱身体的电!》(*I Sing the Body Electric!*)。

他手握通灵板，对浮现的半真半假的事实选择点头或摇头。他像一层表皮，所有的一切都渗透它而跃然纸上。我信任他的热情、他的恐惧和他的乐趣。当然，他也很少让我失望。每当我的灵魂像十一月那样漫长而消沉，想得太多而又知之甚少，我就知道是时候回去寻找那个穿着跑鞋的男孩儿了——感受他的狂热，那无限的快乐和可怕的噩梦。我不确定他会停留在何处，而我又从哪里开始，但我为这个组合感到骄傲。除了祝福这个男孩我还能做什么呢？我该祝福我的另外两位战友，我的妻子玛格莱特和我紧密合作的文学出版代理人唐·康东[1]。玛格帮我打字，评价我的故事，而唐则在评价故事后将它们卖出。过去的三十年，我拥有这两个战友，又怎么会失败呢？我们是康尼马拉的轻骑兵们，女王的专属探险队，一直朝着出口狂奔而去。

---

[1] 唐·康东（Don Congdon），文学代理人，作为早期挖掘出作者的人，一直和作者保持着良好的合作关系。

第五章　投入一角硬币：华氏451

我当时并不知道，自己正在写一本通俗大众小说。在一九五零年春天，我花了九美元八十美分，完成了《消防员》第一稿，也就是后来的《华氏451》。

从一九四一年到那时，我多数作品都是在家里的车库完成的。不是在加州的威尼斯港（住在那里主要是因为贫穷，而非那里是"热门"地段），就是在我妻子玛格莱特居住的联排住宅后方。但是我可爱的孩子们会把我从车库拖出来，她们一直在窗户外探头探脑，一边唱歌，一边敲击玻璃。作为一个父亲，我不得不在完成故事和陪女儿们玩耍之间做出选择。当然，我选择了后者，而此举将导致家庭收入的危机。我必须找到一个办公室，无奈我们负担不起。

终于,我找到了落脚之地,就在洛杉矶加州大学图书馆的一个地下室。那里排列着数十台,甚至更多雷蒙顿牌或安德伍德牌打字机,只要一毛钱就可以租用半小时。投入一毛硬币,计数器便会疯狂地发出"滴滴答答"的声音,而你开始疯狂飞快地打字,以便在半小时内完成工作。于是,我被远在家中的孩子们和迫使我疯狂敲打键盘的计时打字机的双重压力驱动着。时间就是金钱,最终我在九天内完成了第一份草稿,大概两万五千字左右,字数差不多是终稿的一半。

在投入一毛钱,而打字机让人崩溃的卡住的这段时间(那可是你宝贵的时间啊!),在打字机装入、抽出一张张纸的这段时间,我习惯到楼上闲逛,我在那里散步,迷失在对书籍的热爱中,在走廊里,经过一叠又一叠藏书,我抚摸着书本,抽出一本书翻阅,再把它塞回去,享受这一切的美好,这就是图书馆的真谛。多棒的地方啊,不是吗?恰好适合我所写的在未来焚书的故事!

说了太多过去的事情了,那么《华氏451》在今时今日又如何呢?当我还是个年轻作家的时候,听了太多他人的评论,我是否改变心意了呢?如果所谓的改变指的是热爱图书馆的话,那我倒是爱得更深了,我肯定的答案会从书堆中弹射而出,一扫图书管理员脸上的阴霾。为了写这本书，我又编写了更多故事、散文和诗歌，大部分都是和作家有关的。我创作关于梅尔维尔的诗歌，关于梅尔维尔和狄更斯的诗歌，关于狄更斯和迪金森的诗歌，关于霍桑、爱伦·坡、布勒斯等人的诗歌。在这个过程中，我甚至比较了凡尔纳笔下的疯狂船长和梅尔维尔笔下同样执着的水手的形象。我奋笔疾书，写下关于图书管理员的诗歌，我写下和最喜欢的作家在夜晚乘坐火车穿越荒野——我们彻夜不眠，尽情赌博、畅饮、聊天。在一首诗歌中，我警告梅尔维尔，我们必须离地面远一点（他从来就不听！）。我把萧伯纳变成了机器人，为了方便把他装进火箭，然后在南斗二星系的漫长旅途中唤醒他，听他在舌尖吐出他的剧本前言，享受聆听的盛宴。我曾经写过关于时光机的诗歌，在故事中我哼着歌曲回到了过去，坐在王尔德、梅尔维尔和爱伦·坡临终前的床边，倾诉我对他们的爱，在他们人生最后的时刻温暖他们的身体……但是够了，你看到了，我已经够疯狂了——一看到这些书和作家，还有储存在他们书中的巨大智慧宝库，我整个人都会陷入疯狂。

最近，由于洛杉矶实验剧场的公演，我把《华氏451》里的所有角色从暗影中召唤了出来，我问他们最近好吗？我问蒙塔格、克拉莉丝、菲珀、比蒂，自从1953年那次最后见面之后，发生什么新鲜事了吗？

他们回答了。

他们创作出了全新的故事，揭露了他们尚未被人发现的灵魂和梦想的奇特情节。这促成了两场新戏，搬上银幕后获得了很好的效果，评论交口称赞。

比蒂回答我的问题回答得最深入：一切都是如何开始的？你为什么要做一个消防员，一个焚书的人？比蒂让人惊讶的回答出现在他带着我们的英雄蒙塔格回到公寓的那一幕中。一进公寓，蒙塔格目瞪口呆地发现，消防队长的秘密图书馆里有上千本书，排满了墙面！蒙塔格回过头，大声对他的上司吼道：

"但你是消防队长！你不能有书！"

上司似笑非笑地回答：

"拥有书籍并不是一种罪恶，蒙塔格，阅读才是。对的，我拥有这些书，但是我从没有读过它们。"

蒙塔格惊呆了，他等待着比蒂的解释。

"你不能明白它们的美丽吗，蒙塔格？我从没读过它们，哪怕一本书，一个章节，一个段落。我这么做确实很讽刺，是吧？拥有成千上万本书，却从来没打开过任何一本。转过身去，说：不。在一个满是漂亮姑娘的房间，只微笑，不去接触其中的任何一个……所以你看，我根本不是一个罪犯。如果你能抓到我读过任何一本，好，把我抓进去！但是这个地方纯洁得就像是一个二十岁处女仲夏夜的闺房。这些书在书架上凋零。为什么？因为我从未给予他们生命,也不指望任何手触碰它们,任何眼睛阅读它们,任何嘴巴朗读它们,它们和尘土没什么区别。"

蒙塔格抗议:"我不明白,你怎么能不受……"

"诱惑?"消防队长叫起来,"那是很久之前的事了,就像苹果被吃掉就消失了。蛇回到了树上。花园长出了杂草和锈斑。"

"曾经,"蒙塔格犹豫了一下,然后继续说,"你曾经非常热爱书。"

"废话!"比蒂回应道,"腰带以上,下巴以下,经过心脏,穿过五脏六腑。噢,看着我,蒙塔格,我是爱过书籍的男人,不,我是曾经为书籍疯狂的男孩,我着了魔,像黑猩猩一样趴在书堆上,真正的痴迷。

我像吃沙拉一样享受他们,书是我的三明治、午饭、晚餐和夜宵。我撕开书页,把它们伴盐吞下,吃得津津有味,用舌头一遍遍地翻阅!成百上千本书!我把太多书背回家中,腰都被压弯了。哲学、艺术史、政治、社会科学、诗歌、散文、浮夸的戏剧,只要你说得出,我就吃得下……"消防队长的声音越来越微弱。

蒙塔格提醒着:"然后呢?"

"还能怎样,人生的不幸发生在我身上,"队长闭上眼追忆到,"人生。一如往常,千篇一律。爱情出了差错,梦想逐渐酸蚀,性爱索然无味,死亡找到了那些命不该绝的朋友，无辜的人惨遭杀害，某个亲近的人陷入错乱，母亲慢慢走向坟墓，父亲则突然自杀——象群惊逃，疾病猛扑。我没办法在对的时间找到那本对的书，塞住水坝上那面崩裂而摇摇欲坠的墙。无论是抛出一个隐喻，还是失去或得到一个微笑，我都无计可施。在三十岁出头时，我重新振作了起来，而我所有的骨头都已经破碎，所有的肉体都已经磨损，我伤痕累累，看着镜子里那张不再年轻的受惊的脸，那里藏着对世界的憎恶，只要你能说出来，我就会诅咒。翻开我秘密图书馆里的这些藏书，我们会发现什么？！"

蒙塔格猜测："都是空的？"

"公牛的眼睛！空无一物！这些词还在，没错，但如热油般滑过我的眼前，那什么都不表示，没有帮助，没有安慰，没有和平，没有安全感，没有真正的爱，没有栖身之所，没有光亮。"

蒙塔格回想："三十年前……最后的图书馆被烧毁了……"

"没错，"比蒂点头，"没有工作，只能当一个失败的浪漫主义者，或者别的什么。我申请成为一线消防员，第一个踏上消防梯，第一个冲向图书馆，第一个面对熊熊燃烧的火焰，在那里我的同胞们正在发光发热，我浑身涂满了煤油，拿起我的火炬。"

"我说完了,你可以走了,蒙塔格,滚出这扇门!"

蒙塔格离开了,他对书更好奇了。不久他就会变成流亡者,被电子机械狗追逐到几乎送命,那电子机械狗可是我复制柯南·道尔笔下可怕的巴斯克威尔野兽而创造出来的。

在我的剧本中,老人菲珀化身为一个导师,在漫漫长夜中对蒙塔格说话(通过塞在耳朵里的贝壳广播),最后被消防队长欺骗而牺牲了。为什么如此发展?毕提怀疑有人利用这种秘密装置指导蒙塔格,于是将贝壳撞出蒙塔格的耳朵,对着远方的导师喊话:

"我们冲着你来了,我们在门外,我们上楼了,抓住你了。"

这一切很棒,多么吸引人。虽然已经太迟了,不过我仍然在克制自己把这些塞进小说里。

最后,很多读者都在抗议克拉莉丝的消失,想知道她究竟发生了什么。导演弗朗索瓦·特吕弗[①]同样感到好奇,当他把小说改编成电影时,我们将克拉莉丝从被遗忘的处境中拯救出来,让她和那些爱书的人一同漫游,反复背诵书本上的字句。我也觉得应该拯救她,毕竟她是那种一碰到喜欢的人就说个不停的性格,是她促使蒙塔格思考书的

[①] 弗朗索瓦·特吕弗(François Truffaut,1932—1984),法国导演,导演过电影《四百击》等。他也是《华氏451》电影版的导演。

意义。所以在我的剧本里，克拉莉丝出现了，她欢迎蒙塔格加入，为我们残酷的戏剧加入了快乐的结局。

然而，这本小说仍然保持了原貌，我不认为应该修改任何一个年轻作者的作品，尤其那个年轻的作者是我本人。蒙塔格、克拉莉丝、菲珀，他们亮相或退场的地方，和我三十年前在加州大学的地下室投下一毛硬币后那半小时创造出的一样，未曾改变。

最后我还发现我创作小说全都出自一种强烈的、振奋人心的热情。最近我随手翻看这本小说，才意识到蒙塔格这个名字来自一家造纸厂，而菲珀则是铅笔制造商，我的潜意识真是狡猾，让我给他们取这样的名字。

而且它还没有向我透露！

第六章　拜占庭的另一边：蒲公英酒

《蒲公英酒》，一如我大部分书和故事，是一个意外之喜。感谢上帝，我在创作初期就了解了这种惊喜的本质。在这之前，我跟每一个初学者一样，以为可以通过敲敲打打和猛烈冲击让一个想法成型。当然，经过这样的处理，任何像样的想法都会收起爪牙，背过身，凝视永恒，颓然死去。

真是万幸，在我二十岁出头的时候，我误打误撞地开始玩词汇联想的游戏，每天早晨起床，走到办公桌前，我会写下脑海中出现的任何一个词或者句子。

接下来我会向这个词宣战，或为它而投入战斗。我把各式各样的人物带到这个词面前，掂量它的斤两，思考它在我的生活中有何意义。出乎我意料的是，一两个小时之后，一个全新的故事完成了，充满惊奇，完整又可爱。很快我就发现,我的余生都将用这种方式创作。

最开始,我在脑海中翻箱倒柜地搜寻字词,用来形容我的梦魇、对黑夜的恐惧和我的童年时光,然后再用这些字词构建故事。

接着,我久久地观察着我出生的老房子和那些绿色的苹果树——这房子挨着我祖父母的屋子,我在屋外那片绿色草坪上度过无数个成长中的夏天——开始试着用语言描述这一切。

你在《蒲公英酒》中所体验的,就是我这些年所拥有的一切。让"酒"这一隐喻在篇章中一次又一次地出现是非常贴切的。我一生都在收集各种意象,我把它们存储起来,然后遗忘。总之,我得让自己回溯过往,用语言作催化剂开启记忆,看它们能够给我提供什么。

从二十四岁到三十四岁,几乎每一天我都在记忆中漫步北伊利诺伊州祖父家的那片草地,我希望搜寻到那些烧了一半的鞭炮、生锈的玩具或是一些信的碎片,那是年轻时的我写给老去的自己的——提醒他那些过去、人生、认识的人、欢乐和让人沉溺的悲伤。

这逐渐成了一种让我沉醉的游戏:我想知道自己能记得多少和蒲公英相关的事;和父亲、兄弟一起去摘野葡萄的事;我想重新搜寻屋子一侧窗户下面那个满是蚊子的接雨桶;寻找门廊葡萄架下浑身覆盖金色绒毛的蜜蜂的香气。

蜜蜂确实有一种香气，你知道吗，如果没有，它们的脚上也不会沾满百万花粉的气息。

我试着回想那些深渠的轮廓，特别是——看完朗·钱尼的《歌剧魅影》之后，被吓得不轻的我穿过城镇的夜晚回家，我的哥哥斯基普①像我的小说《孤独的人》②描写的一样，他跑在前面，躲在峡谷桥下，突然跳出来抓住我尖叫，我吓得跑了起来，狠狠地摔了一跤，又爬起来继续跑，那真是一个好故事。

凭借文字联想的旅途，我获得了长久而真挚的友谊。我将自己亚利桑那州的童年伙伴乔恩·哈弗"借来"了，并一路向东把他安置在了绿镇，这样我才能正式跟他告别。

一路上，我找到了早已过世的挚爱，并得以坐下来和他们享用三餐。因为我是深爱父母、祖父母和兄弟的小男孩，尽管会被兄弟们"甩掉"。

一路走来，我发现自己真的回到了那个地下室，为父亲制作葡萄酒，或者在独立日的晚上帮我叔叔比昂③在前门廊装载和发射他自制的铜管大炮。

---

① 根据家谱，作者哥哥原名 Leonard（Skip）Bradbury Jr，与其父亲名 Leonard (Leo) Spaulding Bradbury 相同。在英文命名上，Skip 大多是指子孙与祖父姓名相同，隔了父辈一个世代，不过这里作者哥哥与父亲名字相同，仍然得到了 Skip 这个名字。
② 《孤独的人》(*The Lonely One*)，作者于 1948 年创作的小说，描写了一个在夜晚躲在沟渠里的连环杀手，给绿镇带来了极大的恐慌。
③ 此处指的是 Bion Edward Bradbury。

我收获了无数惊喜。或许可以说，没人告诉我应该去发现这些惊喜。我在无意的各种尝试中走上了写作中最古老也最棒的道路。当真相从草丛中一跃而出时，我就像枪响前的鹌鹑一样目瞪口呆。我盲目地一头撞上了创意，如同蹒跚学步的孩童般茫然，我试着用感官和过去的经验告诉自己，所有的一切都有可能成真。

于是，我把自己变回那个奔跑着去屋旁拿接雨桶的男孩，不断地把清澈的雨水尽数舀出，舀出越多的水，流入的也就越多，水奔流不息。一旦我开始学会一次次回到过去，我便拥有了无数回忆和感官印象让我流连，这不仅仅是为了工作，它更像是一种玩乐。一个男人的身躯中藏着一个男孩，他在造物主的原野中嬉戏玩耍，在八月的草地上长大，变老，感受着黑暗力量在树下等待——为了播下血红的种子。若没有这一切，便不会有《蒲公英酒》。

几年前，我读到一篇分析《蒲公英酒》并将其和辛克莱·刘易斯[1]的现实主义作品比较的评论。我被这篇文章逗乐了，同时也感到有些震惊。作者质疑既然我出生并成长在沃基根，即小说中命名为"绿镇"的地方，为何完全没有留意那里丑陋无比的港口，还有城镇下方让人感到沮丧

---

[1] 辛克莱·刘易斯（Sinclair Lewis，1885—1951）美国作家。主要作品有《大街》(*Main Street*)《巴比特》(*Babbitt*)《阿罗史密斯》(*Arrowsmith*) 等。1930 年作品《巴比特》获诺贝尔文学奖。

的煤矿码头和工业火车站。

　　我当然留意到了这些，但我天生就是个巫师，反而被其美丽的一面所吸引。火车、棚车，以及煤火的气味对孩子来说并不丑陋。丑陋是我们长大后，慢慢拥有自我意识时才会拥有的观念。男孩子们当时的主要活动就是数火车货箱，而年纪稍大的孩子则会对着挡在它们前面的客车大声叫嚣，等到货厢经过他们面前，他们会兴奋地数数，念出货箱的名字。

　　还有，在嘉年华到来的时候，载着大象的马戏团会在那原本丑陋的铁路边停留驻扎，在清晨五点，冒烟的强酸性液体冲刷着那些红色砖道。

　　至于码头上的煤矿，每年秋天我都会跑到家中地下室，等待卡车和金属管道的到达，它们像一吨远从外太空来的美妙流星被倾倒进地下室，仿佛要把我埋葬在这黑暗的宝藏之下。

　　换句话说，如果你的孩子是个诗人，马粪对他无异于鲜花：当然，马粪一直都用于鲜花。

　　也许我的一首新诗，能够比上面这些话做出更好的解释，你可以看到我生命中所有的夏季如何发芽长成一本书。

　　这是这首诗的开头：

　　　　拜占庭，我并非来自于此

> 我来自另一个时空和地方
> 那里的族群单纯，可靠，真实；
> 我，一个男孩
> 降临在伊利诺伊州。
> 此地之名既不讨喜也不优雅
> 名为沃基根，我来自于此
> 并非拜占庭。

这首诗后面还有，描述了我和故乡一生的关系：

> 当回首，我发现
> 最远的树顶端
> 有一块明亮的，被爱着的土地
> 散发着蓝色光晕
> 叶芝会同意这说法。

从那之后，我经常回到沃基根，那里不像其他中西部小城镇更有家的感觉或更美丽。在那些小镇，视线所及的地方大都绿意盎然，树木在街道中间交汇。而我家乡的道路仍然铺着红砖。这个城镇到底为什么特别？不为什么，我出生于此，这是我的生活。感觉时机到了我就要下笔：

于是，我们伴随着如同

神话般的死亡成长，

挖起中西部的面包

抹上旧神明亮的果酱，

假装在我们的天空下，

那是阿芙罗狄蒂的大腿……

依着前廊的扶栏，一脸平静，

祖父的话语充满智慧，眼中全是黄金

祖父的神话，取代了柏拉图所做的一切；

摇椅上的祖母在夏天的夜晚，用勾针为我们缝上

了冬季的衣袖

叔叔们聚在一起抽烟

吐出笑话所掩盖的智慧，

阿姨就像菲德尔的女祭司

泡出充满神旨的柠檬水

男孩们以侍跪者的身份在那里

在夏季的希腊门廊

他们睡觉，忏悔

那些天真的邪恶

在他们耳中嗡嗡作响

说，这么多晚上，这些年，

不是在伊利诺伊也并非是沃基根

天空翱翔，阳光普照，纵然我们命运平庸
我们仍知道自己。这一切的总和？拜占庭。
拜占庭。
沃基根/绿镇/拜占庭。
绿镇真的存在过吗？
是的，再说一次，没错。
那里真的有一个男孩叫作约翰·赫福吗？

是的，那是他的名字，他没有离开我，我离开了他。但最后的结局是快乐的，四十二年后，他还活着，并且牢记着我们的友情。

真的有孤独之人吗？

有的，而且这就是他的名字。在我六岁那年的晚上，他在家乡的夜里四处闲逛，他吓坏了所有人，但是从来没有被抓到过。

而那个和他父母、兄弟姐妹、叔叔一同生活的房子是否真的存在？我想我已经回答过了。

深渠真的存在吗，它真的又深又黑吗？真的，没错。几年前我带女儿们回到了那里，我担心随着时间的推移，它可能会逐渐变得模糊不可见。我感到宽慰和高兴，深渠比之前更黑更深，比之前更加神秘。即使现在，我也不愿意在看完《歌剧魅影》回家时经过那里。

所以你明白了,沃基根就是当时的绿镇,就是拜占庭,它意味着所有的幸福,以及那些名字背后所有的悲伤。那里的人们知道自己是生命有限的天神和矮人,矮人走路时昂首挺胸,不让天神觉得窘迫;天神则相对地弯腰驼背,好让矮人感觉自在一些。毕竟,人生不就是如此吗,能够走进其他人的脑袋,看着这愚蠢至极的奇迹说:"哦,这就是你的所见?!"是的,现在开始,我要好好牢记这一点。

这就我的礼赞,歌颂死亡和生命,黑暗和光明。这古老而又年轻,聪明而又愚蠢的结合,纯粹的快乐和恐惧,由一个像蝙蝠般倒挂在树上,用尖牙咬着糖果的男孩所写。他在十二岁时终于从树上掉下来,找到了一个玩具电子打字机,写下了自己的第一本"小说"。

最后的记忆。

热气球。

我这些日子很少看到热气球了,虽然我听说在一些国家还有这玩意儿,底下挂着用一小撮稻草烧起来的火焰,将热气球装满空气。

在一九二五年的伊利诺伊州,我们仍然拥有热气球,关于我祖父最后的回忆之一是在四十八年前,独立日的最后一个小时。当时祖父和我走出草坪,点燃了一小把火,让热气填满梨形的红白蓝纸气球,我们把这个火焰摇晃的明亮天使抓在手中,最后一刻,叔伯表亲姨妈都聚在门廊,然后我们轻轻地让这个充满光明,神秘的生命从指尖轻柔地飘了出去,飘进夏日的空气里,飘过准备睡觉的别人的屋顶,飘入群星,那场景脆弱而又奇妙,就像生活本身。

祖父看着那些漂流的光芒,思考着。我看见了他,我的眼睛充满了泪水,因为一切都结束了,那样的夜晚结束了,我知道再也不会有那样的夜晚了。

没有人说话,我们都抬头仰望着天空,我们呼吸,想着同样的事情。最后终于有人开口——总有人开口对吧?是的,那个人是我。

  酒仍然在下面的地窖中等待着。
  我亲爱的家人仍然坐在黑暗的门廊上。
  热气球仍在尚未结束的夏季夜晚的天空漂移燃烧着。
  为什么这样说?
  因为我是这么说的。

第七章　火星之路漫漫

我是怎么从伊利诺伊州的沃基根跑到火星这颗红色星球去的？

也许两个人可以告诉你。

他们的名字出现在《火星编年史》四十周年纪念版的感谢页上。

最开始，我的朋友诺曼·科温[1]听说了我的火星人故事，还有我未来的编辑沃尔特·布拉德伯里[2]（没有家属关系）看到了我的潜力，尽管我并不知道自己在做什么，但他最终还是说服我完成了一本连我自己都不知道已经写好

---

[1] 诺曼·科温（Norman Corwin），美国作家，编辑，曾从事剧本写作指导工作。
[2] 沃尔特·布拉德伯里（Walter I. Bradbury），文学编辑。

的小说。

我是如何一路来到一九四九年，沃尔特·布拉德伯里让我开始对自己刮目相看的那个夜晚？只能说那是一条令人茫然、让我不断假设和自问的道路。

如果我没有在十九岁时爱上诺曼·科温的电台广播剧会如何呢？

如果我没有把第一本故事集寄给科温，并和他成为终生好友的话会如何呢？

如果我没有听取他的建议，在一九四九年六月去纽约会如何呢？

很简单，《火星编年史》可能永远不会存在。

科温一次次说服我，说我应该在曼哈顿的出版圈落脚，他和他的妻子凯蒂将会在这个大城市指导我，做我的后盾。在他的劝说和鼓励下，我坐了四天四夜的灰狗巴士横跨美国，整个人都要发霉了——还把怀孕的妻子留在了洛杉矶，只留下四十美元的存款。等着我的是基督青年会在四十二街上的旅馆（每周五美元）。

而科温夫妇，他们很好地履行了诺言，把我引荐给了一群编辑，他们问我："你带一部小说来了吗？"

我承认我是一个"短跑能手"，不怎么写长篇，只带了五十篇短篇小说和一个古老的便携式打字机。他们是否需要五十个精彩出色的短篇故事？

显然不需要。

这就把我们带到了最后的关键，最重要的"如果"——如果我从来没有和最后一位编辑，也就是沃尔特，吃过晚餐会怎么样？

来自双日出版社①的布拉德伯里，问了我一个沮丧的老问题："你带一本小说来了吗？"——我只是描述着自己每天踱步四分之一英里，早餐时如何踩上灵感的地雷，捡起所有碎片，在午餐时把他们融汇在一起。

沃尔特·布拉德伯里摇了摇头，吃完了他的甜点，他沉思了一会儿，接着说道："我想你已经写了一本小说。"

"什么？"我问，"什么时候？"

"你过去四年内发表的那些火星故事呢？"他说，"是否有那么一条故事线索隐藏着，你能不能把它们缝合在一起，类似某种挂毯，把这些像表亲一样的短篇故事组成一部小说呢？"

"天哪！"我说。

"如何？"

"我的上帝。"我说，"早在1944年，我就对舍伍德·安德森的《小城畸人》印象很深，我曾告诉自己，我必须尝试写出至少有它一半精彩的作品，我把背景安排在了火星

---

① Doubleday，美国出版社，现隶属企鹅出版集团旗下。

上。我在红色星球上勾勒出了人物和时间的轮廓，但它很快在我的档案袋中被忘记了！"

"看来我们已经找到了。"布拉德说。

"我们？"

"是的，我们。"布拉德说，"回到旅馆，把这二三十个火星故事的轮廓打出来。明天带着它来见我，如果我喜欢，我会给你一份合同和一笔预付金。"

唐·康登，我最好的朋友和文学代理，坐在桌子对面冲我点了点头。

"我明天中午会出现在你办公室！"我对布拉德说。

为了庆祝，我给自己点了第二份甜点，而布拉德和唐登则各喝了一杯啤酒。

这是纽约一个典型的闷热的夜晚，空调尚是未来几年才会流行的一种奢侈品。我打字打到凌晨三点，大汗淋漓、浑身湿透。我衡量着如何安排我的火星人，怎么处理太空员抵达与离开这座奇妙城市的最后时刻。

中午，我疲惫而又兴奋地把提纲交给了沃尔特·布拉德伯里先生。

"你做到了，"他说，"明天你会拿到合同和支票。"

我当时一定发出了不少噪音。平静下来后，我问他关于我的其他故事。

"现在我们正在出版你的第一本'小说'，"布拉德说，

"我们可以抓住机会,虽然短篇小说集很少能大卖。你能想到一个标题,像皮肤那样包装着这些不同的故事吗?"

"皮肤?"我说,"用'图案人'怎么样,我有个关于狂欢节接客员的故事,他的文身会在汗水中一个接一个地活过来,在他的胸部、腿、手臂上演绎未来?"

"看来我们接下来要再开一张预付金支票了。"沃尔特·布拉德伯里说。

三天后,我离开了纽约,带着两份合同,两张共计一千五百美元的支票。这些钱足够支撑我们每年三十美金的房租,为我的孩子提供抚养金,还能够让我支付得起在加利福尼亚威尼斯内陆房子的定金。当我们的第一个女儿在一九四九年秋天出生的时候,我已经把我遗失的火星碎片拼合起来了。事实证明,这本书并不像《小城畸人》那样充满古怪的人物,而是满载我十二岁起睡觉醒来时的一系列奇怪的想法、概念、幻想和梦想。

《火星编年史》在接下来的一年出版了,一九五零年的春天。

那年春天我前往东部旅行,不知道自己完成了什么。

火车在芝加哥停留间隙,我去芝加哥艺术学院和朋友一起吃午饭。在学院楼梯顶我看见了一群人,以为他们是游客。但当我离开时,人群纷纷走下来包围着我,他们不是艺术爱好者,而是《火星编年史》的早期读者,我完全不知道这本书有这样的影响。这个中午改变了我的生命，在我接下来的人生中没有什么能比得上它。

"如果"的清单还会继续。如果我不认识玛格，这个发誓即使贫穷也愿嫁给我的妻子会如何呢？如果唐·康登从我和玛格莱特结婚后的那个星期从未写信给我，并在我接下来的四十三年继续担任我的经纪人会如何呢？如果在《火星编年史》出版后不久，我错过了在圣莫尼卡的一家小书店门前停留的克里斯托弗·伊瑟伍德（Christopher Ishewood）先生会如何呢？

我迅速地在我的小说上签了名，把书递给他。

带着惊讶和焦急的表情，伊瑟伍德接受了这本书后离开了。

三天后，他打来了电话。

"你知道你做了什么吗？"他说。

"什么？"我说。

"你写了一本好书，我刚刚成为《明天》（Tomorrow）杂志的书评组主任，你的小说将成为我评论的第一本书。"

几个月后，伊瑟伍德说打电话来说，英国著名哲学家拉尔德·赫德（Gerald Heard）希望来见我。

"不行。"我哭着说。

"为什么不？"

"因为，"我抗议道，"我的新家没有任何家具！"

"拉尔德·赫德愿意坐在你家的地板上。"伊瑟伍德说。

当拉尔德·赫德来到我家后,他坐在了我们唯一的椅子上,伊瑟伍德、玛格和我坐在地板上。

几个星期后,赫德和赫胥黎请我喝茶,他们倾身靠向我,相互应和着说:"你知道你是什么人吗?"

"什么?"

"一个诗人。"他们说。

"天哪,我吗?"

我们怎么开始就怎么结束。一位朋友和我告别,另一位继续陪伴我的旅程。如果诺曼·科温没有建议我来纽约,或者沃尔特·布拉德伯里不愿和我见面会怎样呢?火星上或许永远不会有大气,那里的人也不会生来就戴着金色的面具,他们的城市不会被建造,而是永远隐遁在暗淡的山丘。非常感谢他们让我的曼哈顿之旅得以成行,这段旅程竟是一段长达四十年之久的,往返于另一个世界的旅程的开始。

第八章　站在巨人的肩膀上

机器博物馆的黄昏：想象力的复兴

十多年来，我一直在写一部长篇叙事诗，描述的是在不久的未来，一个男孩跑进一座发声机械动画人偶[①]博物馆，他转身离开右边写着"罗马"的柱廊，经过"亚历山大城"的门口，跨过门槛，走进标着"希腊"的地方，指示标朝向草地的方向。

男孩跑过人造草坪，他见到了柏拉图，苏格拉底，也许还有欧里庇得斯——他们坐在正午的橄榄树下啜饮着葡萄酒，吃着面包和蜂蜜，谈论真理。

男孩犹豫了一下，然后对柏拉图说：

---

① Audio-animatronic，迪士尼的一项技术专利，人偶身体能活动并能发出声音。

"共和制是怎么一回事?"

"坐下孩子,我会讲给你听。"

男孩坐着,柏拉图开始阐释,苏格拉底时不时插嘴,欧里庇得斯演了他剧作中的一幕。

这个过程中,男孩也许会问一个问题,那个过去几十年一直在我们脑海中徘徊的问题:"美国是在信念中行军的国家,怎么会长久以来忽视奇幻和科幻小说呢?为什么直到近三十年才开始重视这一块?"

男孩可能还会问另一个问题:"谁造成了这种改变?"

"是谁让那些老师和图书管理员为之一振,坐直了身体注意聆听?"

"是谁从对抽象概念的追求中撤退,重新把艺术导向更为纯粹的图像呢?"

既然我并未死去,而发声机械人偶柏拉图大概也没有设定该问题的程序,那就让我尽可能地来回答吧。

答案是:学生,年轻人,孩子。

他们引导着阅读和绘画的变革。

这是艺术和教学史上的第一次,孩子们开始变成老师。在我们的时代之前,知识从金字塔的顶端传递到更广阔的地基,孩子们只是在其中尽可能地活下去。神在低语,孩子们在聆听。

但是,重力自身反转了,巨大的金字塔像冰山一样翻转过来，直到男孩女孩处于金字塔的最上端，现在，原来的金字塔的地基开始教学。

这一切是怎么发生的？回到二十世纪二三十年代，任何地方的学校课程里都没有关于科幻小说的内容，图书馆也几乎没有这方面的藏书，那些负责任的出版商，一年只敢出版一两本悬疑小说。

如果你在一九三二年、一九四五年或者一九五三年穿越美国，随便走进一家图书馆，你会发现：

里面没有巴勒斯。

没有莱曼·弗兰克·鲍姆（L. Frank Baum），也没有《绿野仙踪》(*The Wizard of OZ*)。

在1958年或是1962年，你会发现找不到阿西莫夫[1]、罗伯特·海因莱因[2]、范·沃格特[3]，当然，也找不到布雷德伯里。

也许翻箱倒柜可能会找到这些人的一两本作品，剩下的呢？如沙漠般干涸。

这是为什么呢？

---

[1] 艾萨克·阿西莫夫（Isaac Asimov, 1920—1992），美国著名科幻小说家，代表作有《机器人系列》《基地系列》《银河帝国三部曲》。
[2] 罗伯特·海因莱因（Robert A. Heinlein, 1907—0988），美国硬科幻小说家，代表作《星际迷航》《双星》等。
[3] 范·沃格特（Van Vogt, 1912—2000），出生于加拿大，美国著名科幻小说家，代表作《宇宙的黑暗破坏者》等。

当时，在众多图书馆管理员和老师中，仍有不少人坚持，并且如今也抱着类似的想法和观念，他们认为能被孩子们配着麦片吃下的只能是事实。奇幻？那是给追寻凤凰这种不死鸟的人准备的。奇幻即使披着科学的外衣，也经常是危险的。这是逃避现实，是白日梦，与世界和世界上的问题毫无关系。

傲慢自负的人不会发现他们自己的傲慢自负。

于是书架上空空如也，出版商的箱子里放着无人问津的书稿，学校也不讲这些主题。

接着革命爆发了，有个存活下来的物种叫孩子。饥饿的孩子们渴望这片神话般的土地上的一切，渴望那些被锁进机器和建筑中的点子，于是他们主动出击。

他们走进了沃基肖（Waukesha）、皮奥瑞亚（Peoria）、尼帕瓦（Neepauo）、夏延（Cheyenne）、穆斯乔（Moose Jan）朱和红木城（Reduood City）的教室，在老师的桌子上摆放了一个温柔的炸弹，他们放的不是苹果，而是阿西莫夫。

"这是什么？"老师心存怀疑地问道。

"试试吧，对你有好处。"学生说。

"不用了，谢谢。"

"试试吧，"学生说，"读读第一页，如果你不喜欢，那就停下来。"聪明的学生转身离开了。

老师（后来的图书管理员也一样）拖着不肯读，把书放了好几周，终于，某个晚上他试读了第一段。

炸弹爆炸了。

他们不仅读了第一段，第二段，接着是第二页，第三页，第四章和第五章。

"天啊，"他们几乎异口同声，"这些该死的书还真写了点东西！"

"天啊，"他开始读第二本，"这书有想法！"

"疯了！"他们一路从克拉克，读到海因莱茵，从斯特金①的书页中抬起头，几乎异口同声地叫嚷："这些书居然还——（粗口）——有关联！"

"没错！"孩子们在院子里饥饿的齐声喊着："哦，没错！"

老师们开始教导，然后发现了一件令人惊讶的事：

那些从不看书的学生们通了电般开始阅读，甚至学会了引用厄休拉·勒古恩②，而过去只读过某个海盗的讣告的孩子们，突然用舌头翻页，想要阅读更多。

图书管理员惊呆了，发现科幻小说不仅被借阅了成千上万次，而且还被偷了也不归还！

---

① 这里指的是科幻小说家阿瑟·查理斯·克拉克（Arthur Charles Clarke）和美国恐怖小说与科幻作家西奥多·斯特金（Theodore Sturgeon）。
② 厄休拉·勒古恩（Ursula Le Guin, 1929—2018），美国科幻、奇幻小说作家，女性主义作家。

"发生了什么事？"图书管理员和老师互相询问，一副王子把他们从睡梦中唤醒的模样。"这些书里有什么？像琥珀玉米花①一样让孩子们不可抗拒？"

思想史。

孩子们不懂得讲太多，他们只是感受到了，阅读了并爱上了。即使他们不会表达，也能意识到，最初的科幻作家就是那些试图弄清楚人类历史的穴居人——琢磨着如何捕捉火焰，该拿洞穴外徘徊的猛犸象怎么办，如何把剑齿虎的牙齿拔掉，把它驯化成一只家猫。

穴居人思考这些问题，可能也想到了科学的方法。第一个洞穴中的男人或女人在洞壁上绘出了科幻的梦想。涂鸦中暗含着所有可能的战略蓝图。猛犸象，老虎，火焰的图像——如何解决问题？如何将科幻（正在探索中的问题）转化为科学事实（已经解决了的问题）。

有几个勇敢的人从洞穴里跑了出来，被猛虎踩踏，被老虎咬穿，被树梢的野火灼伤……最后只有几个人回来了，在墙上画下他们的胜利，像一座毛茸茸的教堂的猛犸象被击倒，剑齿虎失去了尖牙，火被驯服进了山洞，照亮了人们的噩梦，温暖了他们的灵魂。

即使孩子们不懂得表达，他们也能意识到，人类的整

---

① Cracker Jack，百事旗下的零食，以糖衣裹着爆米花为主。

个历史就是解决问题的历史,或者说,科幻小说是在吞噬观念,消化并排出关于人类生存的公式。两者互不可缺。没有幻想,也就没有现实。没有损失,也就没有收益。没有想象力,也就没有动力。没有不可能的梦,也就没有可能的解决方案。

即使孩子们不懂得表达,他们也能意识到,幻想和儿童科幻小说根本不是对生活的逃避,而是让现实转个弯,用魔法让它听话。就像飞机反转了现实,并向地心引力放话:看我的魔法机器,我能对抗你。重力消失吧,距离靠边站,时间静止或倒转。我最终会超过太阳,在世界各地升起。上帝!看!喷气式飞机、火箭——我可以在八十分钟内环游地球!

即使孩子们不懂得表达,他们也能猜到,所有科幻小说都是通过假装看着另一个方向来尝试解决问题。

在另一个地方,我把这种文学过程描述为帕修斯对抗美杜莎。帕修斯凝视着铜盾上美杜莎的倒影,假装视线转移向了别处,提剑往身后一挥,砍断了美杜莎的头。因此,科幻小说是假想未来的,但或许可以治愈今日路边的病狗。迂回就是一切,隐喻才是解药。

孩子们都喜欢铁甲骑兵,即使不懂怎么称呼。铁甲骑兵是波斯一种特殊的兵种,骑在专门饲养的马上,而这样的组合在很久之前击败了古罗马军团。现在有个需要解决的问题：罗马军团来袭怎么办？科幻梦：铁甲骑兵击败罗马人。问题已解决。科幻变成了科学事实。

问题：肉毒杆菌中毒。科幻梦：有朝一日制造出能保存食物的容器，避免感染和死亡。科幻梦想家：拿破仑和他的技师。梦想变成了现实：罐头的发明。结果：数百万人得以存活。

这么看来，我们都是科幻小说的孩子，梦想着有一种新的生存方式。我们是有史以来最棒的圣物盒，我们没有把圣人骨头放进水晶或金罐子中，让后世信徒感念，而是把声音、面孔、梦想和不可能的幻想放进磁带、唱片、书籍或电影中。人之所以能解决问题，全因为人能够保存想法。唯有留住并保存时间，从时间中学习，找到解决问题的方法，我们才得以在这个世纪存活、繁衍，走向更好的未来。人类被污染了吗？我们可以清洁自己。人类太拥挤了吗？我们可以分散开来。人类孤独吗？生病吗？自从电视进驻了医院，世界上的医院都变成了更好的住所，带走我们半数的疾病和孤独的诅咒。

我们是否想要星辰？我们可以拥有。我们是否能向太阳借一杯火？可以，而且我们必须借到，用它点亮世界。

触目所及之处都是问题。而只要看得再深入一点点，就能找到解决方案。人类之子们，时间之子们，我们怎么能够不被这些挑战所吸引？于是，有了科幻小说和它的历史。

最重要的是,年轻人把炸弹扔进了市中心的美术馆,艺术画廊的角落。

他们走过美术馆大厅,在现代化的场景中打起了瞌睡,这些作品代表了六十年前的抽象概念,抽象到要消失于其自身之后。空白的画布,空虚的头脑,没有概念,有时也毫无色彩,没有一个点子能引起马戏团里表演得正带劲的跳蚤的注意。

"够了!"孩子们喊到,"来点幻想,让这里充满科幻之光。"

让插画重生。

让前拉斐尔派们重新复制自己,传播出去吧!

事实也的确如此。

太空时代的孩子们,读托尔金[1]长大的儿女喜欢将他们的梦想描述和勾勒出来,因此古老的故事艺术得以重生!如同穴居人或者安杰利科[2],但丁·加布里埃尔·罗塞提[3]。如今第二个巨型金字塔翻转了,地基变成了顶点,旧秩序

---

[1] 约翰·罗纳德·瑞尔·托尔金(John Ronald Renel Tolkien, 1892—1973),英国诗人、作家、语言学家,以奇幻小说《魔戒》《霍比特人》闻名于世。
[2] 弗拉·安杰利科(Fra Angelico, 1387—1455),文艺复兴时期意大利佛罗伦萨派画家,代表作《圣彼得殉教》等。
[3] 但丁·加布里埃尔·罗塞提(Dante Gabriel Rossetti),英国维多利亚时期画家,拉斐尔前派代表人物。

被颠倒过来。

因此,在阅读教学文学、绘画艺术等方面,我们经历了双重革命。

因此,工业革命、电子和空间时代终于渗透进年轻人的血液、骨头、骨髓、心灵和思想中,他们成了老师,教导我们一直以来应该知道的东西。

科幻小说一直就是一部思想史。想法孕育出了事实,垂死而又重生的梦想以更加迷人的形态呈现,所有的想法承诺我们将生存下去。

希望我们在这里的讨论不要太严肃,如果太严肃,则意味着猩红的死亡[①]让自由变成了自我囚禁的牢笼,这是我们的失败。一个好的想法应该像小狗一样围着我们转,或者反过来说,我们不该担心它的消亡,不用担心理智会让它窒息,高谈阔论会让它昏昏欲睡,千刀万剐般的分析会使其致死。

让我们保持童真,但即使拥有五点三的好视力也不要任性幼稚,必要时我们可以借用望远镜、火箭或魔毯,好让我们能够追上物理的奇迹与梦想。

双重的革命仍在继续,而且还会有更多无形的革命即将到来。我们永远都会遇到新的问题,感谢上帝,同样永

[①] 出自爱伦·坡《红死病的面具》(*The masque of the red death*),书中描写了一种叫"红死病"的瘟疫,患者皮肤会流血,并很快死亡。

远都会有解决的方法。感谢上帝，明天早晨，我们还要寻找问题的解答，感谢真主安拉，将世界的画廊和图书馆装满火星人、精灵、宇航员、妖怪和太空人。而在阿尔法半人马星座上的图书管理员和老师们却在忙着告诉孩子们不要读科幻小说或幻想小说——"那会让你的大脑变迟钝"。

回到我的机器人博物馆，我走在长廊上，在漫长的黄昏时刻，让柏拉图从他的电子计算机共和国走出来，说出了最后的话：

"去吧，孩子们，奔跑吧，阅读吧。去表现，去讲述。创造另一个金字塔，翻转另一个世界，拍掉我脑袋上的煤灰，重新漆绘我脑壳里的西斯廷教堂。笑吧，梦想吧，去学习，去建造。"

"跑吧，男孩！跑吧，女孩，跑吧！"

听了这么好的建议，孩子们就会开始奔跑。

共和国就会被拯救。

第九章 秘密心灵

我一生从未想过去爱尔兰,直到我接到约翰·休斯顿的电话,他邀请我到他的旅馆喝一杯。那天下午晚些时候,休斯顿端着酒杯,小心翼翼地注视着我,说道:"你想不想在爱尔兰生活一段时间,为《白鲸记》编写电影剧本?"

很快也很突然,我们就踏上了追捕白鲸之路,成员有我,我妻子和我们的两个女儿。

我花了七个月时间去追踪,捕获,丢掉鲸鱼的尾鳍。

从十月到次年四月,我住在一个并不向往的国家。

我认为我在爱尔兰没看见什么,没听见什么,也没感受到什么,爱尔兰的教会让人同情,天气一塌糊涂。我没办法接受这不毛之地,没什么是我想要的,再说,还有一只"大鱼"要我处理。

没想到潜意识让我摔了一跤。在这个寒风凌厉的环境中，在我努力用打字机把"利维坦"拉上岸时，我的触角察觉到了这里的人们。不是那个清醒的自我，有意识或者活动中的自我——那个自我可没有注意到他们，或者没有欣赏，和对方往来的意愿。整体来讲，我感受到的是贫乏和雨水，在这凄凉的大地上我为自己感到难过。

待我将野兽的血肉熬成膏脂送到摄影机前，我便逃离了爱尔兰。就像我之前说的，我害怕暴风雨和浓雾，还有都柏林和奇尔考沿街讨钱的乞丐。

但我的潜意识仍然是敏锐的，当我哀叹着工作多么辛苦，我是多么无力，没法像梅尔维尔那样情感丰富时，那个内在的自我却仍保持着警惕，他朝深处嗅探，侧耳倾听，仔细观察，将爱尔兰的人和事一起放进档案，以备不时之需。或许等我放松下来，它们就会倾泻而出，让我大吃一惊。

在回家之前，我先绕道去西西里岛和意大利把自己从爱尔兰的冬天里解救出来，并且向所有人保证："我可绝不会写任何关于康内马拉小马和唐尼布鲁克瞪羚的故事了。"

我记得在墨西哥城的经历，在那儿我经历的不是雨水和不毛之地，而是阳光和贫瘠，而我同样落荒而逃，我害怕那里致命的天气和墨西哥人呼出的骇人的死亡的甜腻气息。但最后我还是靠这些记忆写出了不错的故事。

即使如此，我仍然坚定地认为，爱尔兰已经死了，这夜过后，那里的人民将不会再打扰我。

就这样几年过去了。

一个午后，麦克（真实姓名为尼克），那个出租车司机，出现在我脑海中——坐在我正好看不见的位置。他轻轻推了我一下，大胆地提醒我和他共同旅行。我们一起沿着利菲河行进，一起走过泥塘。他一边说一边慢慢地让那辆老破车穿过薄雾，夜复一夜把我带回了皇家希波尼亚酒店。那个男人是我在这个绿色国家灰暗的旅程后所认识的最熟悉的男人。

"说出我的故事，"麦克说，"只要如实写就行了。"

很快我完成了一个故事和一个剧本。故事是真实的，剧本也是。它就是这样发生的，不可能有其他版本。

现在我们知道了这个故事，但是为什么经过了这么多年，我会投入舞台剧创作呢？这不是转行，而是一种回归。

在我还是孩子的时候，会在业余舞台和通过收音机演出。年轻时我也会写剧本，这些剧本非常糟糕，没有出版。我告诉自己，在学好所有写作方法之前，我再也不碰舞台剧了。同时，我也放弃了表演，因为我害怕为了竞争，角色、演员之间会钩心斗角。此外，小说在召唤着我。我回应它们，一心扑在写作上。这么多年过去了。我看了几百场演出，我爱看演出，但我仍然坚持不再写剧本，直到《白鲸》时才动笔。突然之间，我的出租司机麦克找到了我的灵魂，在塔拉山或者在香德拉秋天树叶落尽之前。我对剧场的旧爱又一次被唤醒了。

但是，也有一群不断给我写信的陌生人带来惊喜，成为我前进的动力。从八九年前开始，我大概能收到这样的信息：

先生：昨天晚上，我在床上给我妻子念了你的故事《雾角》。

或者：

先生：我十五岁了，我赢得了伊利诺斯格利高中的年度背诵奖，我背诵了你的故事《雷声》①。

或者：

亲爱的布雷德伯里先生：我很高兴地告诉你，在我们昨天七点半的朗读会上，你的小说《华氏451》受到了两千名英语教师的热烈欢迎。

---

① 《雷声》(A Sound of Thunder)，作者于1952年写的短篇小说，收录于短篇小说集《太阳的金苹果》(The Golden Apples of the Sun)。

在七年的时间里,我的故事被全国各地的小学、高中和大学读者阅读、宣讲、背诵和改编成戏剧。信件堆积了很多,最终倒在了我身上。我转身对我妻子说:"大家改编我的作品改得不亦乐乎,我自己却没有兴趣,怎么会这样?"

就像把那古老的寓言倒过来说一样,这些人并没有喊出皇帝没穿衣服,而是毫不含糊地说,那个在洛杉矶高中英语挂科的人已经全副武装,但自己却没有意识到!

于是,我开始再一次写剧本。

最后让我回到舞台的因素,是过去的五年中,我购买并阅读了很多欧美的剧集,还看了很多荒唐戏剧[①]。总的来说,我总是忍不住批评这些剧本不够出色甚至愚蠢——最重要的是,他们缺乏想象力和戏剧张力。

既然我断然提出这种观点,那么我现在也应该把自己的头放在砧板上。如果你愿意,可以当我的刽子手。

这并不奇怪。文学史充满了自认为能够整理、改进或者革新某一领域的作家,无论对错与否。于是,我们许多人便甘愿一头栽进连天使都从未驻留过的地方。

我曾经大胆试了一次,成效显著。这次我又鼓起勇气,麦克从我的脑海中跳了出来,其他人也跟着不请自来。

---

① Absurd,兴起于欧洲的一个戏剧流派。

第九章　秘密心灵

随着越来越多题材的涌现，出现了更多需要填满的空间。

我突然觉得对爱尔兰故事的喧嚣往来很有体悟，这不是写作一个月或一年就能描述清楚的。不经意间，我发现自己赞美着秘密心灵的神奇，挑一座宽敞空阔的邮局，逐一叫出那里的夜晚、城镇、天气、野兽、自行车、教堂、电影院，以及游行仪式。

麦克已经给我开了一个好头，我闯进去小跑了一段，很快就不折不扣地冲刺了起来。

这些故事和剧本纷纷出世，只是顺其自然罢了。

现在一切都完成了，我也忙着其他关于科幻的戏剧，我是否有理论来解释剧本的创作呢？

有。

因为只有在问题解决后，才能够确认、检查，给出解释。

想要事先弄清楚状况，只会让作家全身冰冻而亡。

自我意识是所有艺术的敌人，无论是表演还是写作，绘画或者生活，而生活才是伟大艺术的全部。

下面是我的理论。身为作家都会这样计划的：

我们营造张力搬出笑话，接着点头示意，笑声就来了。

我们营造张力找到哭点，然后说哭吧，希望观众为此流泪。

我们营造张力制造爆点，点燃导火索，随后全力跑开。

我们营造张力、创造爱情，同时把许多张力混到一起，修改、超越，让成果在观众的身上实现。

我们营造张力、建立冲突，如果我们足够好，足够有天赋，足够专注，就能够让观众感到恶心或高兴。

每一种张力都会找到自己的目标，释放自己。

就美学和实用的角度讲，如果这种张力尚未释放，任何艺术不完整，可以说只完成了目标的一半。在现实生活中，我们知道，某种特定的紧绷感如果没有得到释放，甚至有可能让人发疯。

也有一些例外的情况，小说或者戏剧在高度紧张中结束，但释放是隐性的。观众被要求进入这个世界，引爆其中的机关。情绪最后从创作者身上转移到了观众身上，而他们的任务便是以笑声、眼泪、暴力、性或者病态的情绪来结束这个故事。

如果没有意识到这点，相当于没有意识到创作的本质，它的核心其实是人性的本质。

如果我要给新作家提建议，无论他们准备从事荒诞派戏剧，还是任何一种戏剧，我都会这样建议：

别说无意义的笑话。

我会嘲笑你不想让我发笑。

不要只制造泪点，却不唤起我的悲哀。

我会自己寻找更好的哭墙。

不要帮我紧握拳头,却又把目标隐藏。

否则我的拳头可能会攻击你来代替。

最重要的是,别让我恶心想吐,除非你为我指出通往船舷的路。

因为,请明白,如果你想毒死我,我一定会感觉难受。在我看来,很多写着有毒的小说、电影和戏剧的人都忘记了毒药会戕害心灵,甚至摧毁肉体。大多数毒药都会在瓶外标上催吐方法。无知或无能,让这些新一代聪明的波吉亚家族①把毛球塞进我们的喉咙,却不让我们抽出甩掉。古老的知识说,只有真正大病一场才能让我们重获健康,就算他们从前就知道这个道理,但现在也已经忘记了。就算野兽也知道应该何时呕吐。那么,教我如何才不会感到恶心吧,用正确的时间和地点,这样我或许会再牵着懂得咀嚼甜草、聪明又笑容满面的狗走入场内。

艺术是包罗万象的,能够容纳种种恐惧和喜悦,只要让表现这种情绪的张力得以完全释放。我并不期待幸福快乐的结局,只要求一个合理的结尾,适当衡量剧本中所包含的能量,引爆创意。

---

① 十五世纪中期发迹于西班牙的显赫家族,在历史上臭名昭著,成为享乐主义、裙带关系的代名词。

墨西哥为我带来惊喜，在那儿，正午的阳光中竟然藏着如此巨大的黑暗力量；爱尔兰也给我惊喜，那片浓雾在吞噬了如此多太阳的能量之后，仍然能让人感受到温暖。我在墨西哥听到了远处传来的鼓声，引领我踏出送葬进行曲的步伐，爱尔兰的鼓声则带着我轻步穿越一间间酒吧。这原本是想让观众快乐的剧本，于是我让它们顺其自然向那个方向发展，脱离自身的渴望和需求，展现出不同寻常的快乐和爽朗。

就这样，我写了六七部剧本，之后还会写更多关于爱尔兰的故事。你知道在爱尔兰到处都有骑自行车被迎头猛撞的人吗？在之后的年月里，他们将承受可怕的脑震荡之苦。我确实提到了这一幕，把它写进了一部戏里。你是否知道在爱尔兰电影院奏出国歌的瞬间，里面的人会疯狂地推拉硬拽，争先恐后地从出口逃出去，免得再次忍受那首可怕的国歌吗？我和他们一起逃跑过，现在我完成了一部叫《国歌逃兵》(*The Anthem Sprinters*)的剧本。你是否知道在爱尔兰开车跨过中部地区那些泥塘最好的方法就是关掉大灯，速度越快越好！我也把它写下来了。是爱尔兰人的血液让他们口吐莲花，还是威士忌鼓动了血液，让他们伴随竖琴吟唱起诗句？我不知道，我问神秘的自我，他回答：聪明的人，仔细聆听。

我以为自己一无所有，无所事事，也无所察觉。但我写出了关于爱尔兰的单幕剧剧本，三幕剧剧本，散文，诗歌以及一本小说。我如此多产，却忽略了积累的智慧中埋藏的真相。

一次又一次，我的故事和剧本教会我、提醒我，我不能再怀疑自己，不能怀疑我的勇气，我的兴趣，或是我通灵的潜意识。

从今以后，我希望自己永远保持警觉，尽全力去训练。即使做不到，希望我还是能够在未来回头时找到我的秘密心灵，看看在看似随意流逝的时间里，它又观察到了什么。

我们绝不会坐视不管苦等结束。

我们就像杯子，不断有东西悄悄地倒进来。

而秘诀在于，懂得如何倾身，让美丽之物向外洒出。

我的创意剧场

这确实是属于戏剧的时间。它充满了疯狂、野性、绚烂的创造力；它既令人振奋，又令人沮丧。说得不会太多，也不会太少。

上述所有情况有一点是不变的。

创意。

创意在行进。

在充满瘟疫和灾乱的人类历史上，这是第一次创意不仅仅像书中的哲理那样存在于纸面。如今，创意是制作蓝图、打造模型、建造工程、电气化，把马达线拉紧再放开，将人们动员起来，或将其打倒。

所有这一切都是真实的，难得有电影、小说、诗歌、故事、绘画，来处理我们这个时代最大的问题：人类和他手上迷人的工具，人类和他的机械之子，人类和他们不受道德约束的机器人——这样说有些奇怪或难以理解，但这些机器人会引导人类获得永生。

我打算让自己的剧本成为一个先例，不仅具有娱乐性，还会带来刺激、挑战、恐惧，并且足够惊艳。我认为这很重要，讲好故事，同时让激情保持到最后。让余音在曲终人散时出现，让观众在夜间醒来时说：哦，那就是他所打算的！或者第二天突然醒悟：他指的是我们！他的意思是现在！我们的世界，我们的问题，我们的喜悦和我们的绝望！

我不想成为一个势利的讲师，一个哗众取宠的改良家，或一个无聊的革命者。

我希望奔跑，把人类历史上最伟大的时刻抓住，让它存活，用我的感官去感受它，凝视它，抚摸它，聆听它，闻嗅它，品尝它，并且希望别人和我一起跑，用思想和创意来追求。

夜晚，我走在人行道上经常被警察拦住，他们问我在做什么。

我写了一部名为《行人》的剧，讲述了城市里这类步行者的困境。

我目睹了各个年龄层孩子和电视进行的无数次激动、狂喜、全神贯注的"会面"，我写了《草原》，一个关于未来的故事，一间四面都是电视的房间成为一个被困的家庭的活动中心。

我写了一部关于普通诗人的戏剧，他是一个平庸的大师，他最伟大的成就是记得1925年出厂的卡塞尔-卡尔或别克汽车的里里外外，轮毂盖、挡风玻璃、仪表板和车牌，他都记得一清二楚。一个男人则能描述出他买过的每一颗糖果的颜色，或抽过的香烟的包装纸和设计。

这些剧本，这些创意，现在都被我搬上了舞台，但愿它们能成为我们这个时代最真实的产物。

第十章　俳句，手到擒来

一开始，《黑色摩天轮》只是一篇发表在《怪谭故事》(1948)上的三千字故事，故事讲述了两个年轻人觉得来到镇上巡回演出的马戏团有点古怪。这个故事变成了一个七十页的电影剧本大纲(1958)，被改名为《黑暗狂欢节》(*Dark Carnival*)，预计由金·凯利执导。这部电影后来并没有拍摄，于是大纲变成了一本叫《魔法当家》(*Something Wicked This Way Comes*)的小说。之后，小说被改编成了电影剧本(1971)，接着又第二次改编被搬上了荧幕。这个故事的剧本大纲及电影作者自然而然都是由雷·布雷德伯里负责的，幸运的是雷认为"我一直都很擅长改编自己的作品"。

"我试着让我作家圈子的朋友了解，写作关乎两种艺术：第一，完成作品；第二，修改是伟大的艺术。

这不会杀死作品或以任何方式伤害它。当你开始你的作家生涯时,你会很讨厌这个工作。但现在,随着年岁渐长,它变成了一个美妙的游戏,我喜欢这个挑战,它完全不逊于创作完成一部作品。这种挑战就像你持手术刀,在不杀死病人的前提下上下开工。"

如果编辑是一场精彩的游戏,那么帕克兄弟[①]一定要考虑把《魔法当家》改编成桌游,只要布雷德伯里可以改编,改编,再改编,不断地讲述威廉·哈洛维和吉姆·奈绪德[②]如何乘坐每转一圈就年老一岁的摩天轮的故事。他对导演杰克·克莱顿[③]的版本很满意,电影将于二月由迪士尼发行上映。"这是到目前为止,我作品改编电影中最接近原作的一部。"他似乎很满意他们之间的合作,"我花了六个月帮杰克创作全新的剧本,这次的体验非常棒,和杰克这样有趣的人共度的每个下午都很棒。"

米勒·塔克曼[④]

[①] Parker Brothers,美国著名桌游公司。
[②] William Halloway, James Nightshade,《魔法当家》故事中的角色。
[③] 杰克·克莱顿(Jack Clayton, 1921—1995),英国电影导演,主要作品有《魔法当家》《了不起的盖茨比》等。
[④] 米勒·塔克曼(Mitch Tuchman),曾在《电影评论》(*Film Comment*)等杂志担任记者,多次采访本书作者。

我有一个二百六十页的剧本，片长六个小时。杰克说："好吧，现在你要砍掉四十页。"我说："上帝，我做不到。"他说："来吧，我知道你能做到，我会支持你。"所以我删掉了四十页。他说："好的，现在你要砍掉四十页。"我把它缩减到了一百八十页，然后杰克说："还有三十页。"我说："不可能，不可能！"好吧，我把它缩减到了一百五十页。杰克说："还有三十页。"就这样，他一直告诉我我可以做到，而上帝，我做了最后一次修改，把剧本缩减到了一百二十页。看起来的确好多了。

当你给克莱顿二百六十页的剧本时，你认为他会按这个拍吗？作为一个有经验的编剧，你一定得知道……

哦，当然，我知道这很久了。我知道我可以做第一次删减……但从那时起，这变得越来越困难。首先，你感到疲倦，你看不清楚局面。这是由导演或制片人决定的，他们对剧本不如你熟悉，但能帮助你找到捷径。

克莱顿提出了什么样的想法？

他每天坐着对我说："这段对话有六句话，你不能用两句话来完成吗？"他挑衅我去寻找更简短的表达方式，而我找到了；可以说这是间接的建议，他在心理上支持我，这点很重要。

你删减的是对话还是动作？

都有。最主要的是压缩。这就像在学习写隐喻——我对诗歌的了解帮了忙。世界上伟大的诗歌与伟大的剧本之间有某种关联性：它们都在描写紧凑的画面。如果你能找到正确的比喻，合适的画面，把它放在一个场景中，它就可以取代四页的对话。

看看电影《阿拉伯的劳伦斯》[①]：那些最伟大的场景不是对话。劳伦斯回到沙漠救骆驼车的整个场景：没有一句对话。它持续了五分钟，只有影像。当劳伦斯从沙漠中走出来之后，每个人都在等待他，暴晒和暴风雨过后，音乐就会响起，你的心也随之升腾。这就是你要找的东西。

我天生是一个编剧，我一直都是。我一直都聚焦电影。我是电影的孩子。我从两岁开始看电影。十七岁时，我每周看十二到十四部电影。这真的够多了。这意味着我什么都看过，包括大量的烂片。但这是一种学习方式。你必须了解哪些事情不需要做。只看优秀的电影根本就不能教你什么，因为它们是神秘的。一部伟大的电影是神秘的，没有办法解开它。为什么《公民凯恩》成功了？嗯，就是成功了，每个层面都很高明，而且无法用手指着某件东西说，

---

① 《阿拉伯的劳伦斯》(*Lawrence of Arabia*)，1962年电影，英国导演大卫·里恩执导。

这是正确的。但是一部不好的电影,不好的地方马上就会显现出来,它可以教给你更多:"我永远不会那样做,我永远不会这样做。"

小说家很少满意他们的作品被搬上银幕后的效果。他们的不满往往是他们自己错误的期望造成的。你可以举例说明作为编剧的雷·布雷德伯里在改编《魔法当家》时会给作为小说家的雷·布雷德伯里提什么建议吗?

杰克和我争论了很久关于尘土女巫的事。她是一个非常奇怪的生物。在小说里,我让她来到图书馆,她的眼睛被缝合了。但我们都担心,如果做得不对,这个场景就太好笑了。所以我们扭转了她的形象。现在她是世界上最美丽的女人(Pam Grier 饰演)。偶尔她会突然转过身来,孩子们就会看到她身体后面的真相:这是个丑陋的生物。我认为这样做效果更好。

在这本书中,查尔斯·霍洛威[①](Jason Robards 饰演)对于青春期不可避免的流逝感到忧心忡忡。除了悲伤的表情,在电影中应该怎么表达?或许可以保留那些毫无关联的内心独白?

---

① 查尔斯·霍洛威(Charles Holloway),小说中的角色。

有。这不是全部，但我们相信，我们已经加强了这一点。在查尔斯·霍洛威一生中的某个特定时期，当他的儿子年轻的时候，查尔斯·霍洛威错过了一个挽救他，让他免于溺水的机会。而住在街对面的奈薛德先生救了他。所以，这里有个互动不断出现。最后，由霍洛威决定救在镜子迷宫里的儿子（Vidal I. Peterson 饰演）；这里进行了强调。

然后，深夜父亲与母亲（Ellen Geer 饰演）在门廊上和儿子谈话的时候，剧本中留下了一些暗示。不需要做得太明显。这是电影工作中最棒的地方：只要看起来像某种样子，或以某种方式让观众感受到就行，不必长篇大论地去描写。

父亲和威廉深夜坐在门廊上时，有一个很棒的场景，男孩说："有时我听到你发出呜咽声，我希望让你快乐起来。"父亲说："告诉我，我将永远活着。"你会感到心都碎了。

那些夸张的修辞呢？我想电影中不可能保留这种形容："刹那间，万籁俱寂，就像火车一头冲进一场火焰风暴并迅速消失于大地。"

亲爱的年轻人，在一个场景中，男孩们穿过坟墓，看火车经过。他们挤在堤岸上，火车的鸣笛声响了一会儿，墓地里所有的石头都颤抖着,天使们也在拂去尘土。啊哈!

用名词作动词,你有一套引人注目的方法。有一次,你把查尔斯·霍洛威形容为"蜷住双腿,搂着双臂的父亲"。这能否通过镜头语言去描述?

好的导演可以找到法子去做。

你还能看到那些飞翔的鸟吗?

一个好导演会找到方法的,因为你拍的是俳句,而俳句易如反掌。

让我给你一个例子。我已经在南加州大学电影系做了二十二年的演讲——我每年都去几次。很多学生会走到我面前说:"我们可以把你的短篇故事改编成电影吗?"我说:"当然可以,但是我有一个要求,拍摄完整个故事,读完我的故事,按段落拍摄,每个段落都是一个分镜。阅读这些段落,你就知道该用特写镜头还是长镜头。就这样,上帝啊,这些学生带着他们的小摄影机,花五百美元,便拍摄出比我参加过的大片更好的电影,因为他们跟着故事走。

我所有的故事都有电影感。华纳兄弟出品的《图案人》(1969)刚开始几年并没有获得成功,因为他们没有阅读原著。我可能是当今国内最会写电影小说的作家。我所有的短篇小说都可以从页面上跳出来变成画面,每个段落都是一个镜头。

几年前，当我第一次和萨姆·佩金帕[①]谈起关于《魔法当家》的时候，我对他说："如果我们真的要开始，你打算怎么拍这部电影呢？"他说："把故事从书里撕下来，塞进摄影机里。"我说："没错。"

这份工作最后就是在书中的所有隐喻中进行选择，把它们用正确的比例放到剧本里，别让人看你笑话。

例如，我最近在电视上看了乔治·史蒂文斯[②]导演拍的关于在拉斯维加斯赌博的电影《人间游戏》(*The Only Game In Town*)。沃伦·比蒂(Warren Beatty)和伊丽莎白·泰勒(Elizabeth Taylor)主演——泰勒的身材有点过于丰满了。电影演了大约半小时后，泰勒转向比蒂说："抱我进房间。"我除了笑之外别无他法，我想："他会把他的背拉伤的。"这就是我想表达的意思，这部电影完蛋了。

所以当你营造荧幕上的幻想画面时，要确保人们不会从椅子上摔下来。

你如何开始电影改编的过程？

把小说丢了，重新开始。

[①] 萨姆·佩金帕(Sam Peckinpah, 1925—1985)，美国导演，代表作品有《日落黄沙》(*The Wild Bunch*)《稻草物》(*Staw Dog*)。
[②] 乔治·史蒂文斯(George Stevens, 1904—1975)，美国导演，执导了《万世流芳》(*The Greatest Story Ever Told*)《巨人传》(*Giant*)等电影。

你从来不看原著？

当我根据自己的作品编写剧本或舞台剧时，我从不看原作。我把剧本写好，然后回头看我错过了什么。如果落下了什么，随时可以加进去。三十年后听到角色有话要说，感觉很有趣。

两年前，我改编的《华氏451》在洛杉矶的舞台公演，我去会了会书中的角色，我说："嘿，三十年来没有交流过了，你们成长了吗？我希望你们成长了，毕竟我也有进步。"当然，他们成长了。消防队长走到我这里来，说："嘿，三十年前，当你把我写下来时，我忘了问你为什么要烧书。"我说："妈的！好问题，你为什么要烧书？"他娓娓道来——这场精彩的戏在小说中是看不到的，只在剧本里出现。将来如果有一天我要把它再改回小说，就会把这段塞进去，因为它实在是太精彩了。

你会再次把这个故事改编成电影吗？

没有必要，因为我喜欢特吕弗执导的版本，但我想用所有的新材料做一个特别的电视剧；让消防队长有机会告诉你他是一个失败的浪漫主义者：他认为书可以治愈一切。我们都认为，在生命中的某个时候，当我们发现书的时候，也是这样想的，不是吗？我们认为在紧急情况发生时，你所要做的就是打开圣经、莎士比亚或艾米莉·狄金森，然后心想：哇，他们知道所有的秘密。

你具有编剧的知识，加上对荧幕很了解，你难道没有兴趣做导演执导电影吗？

不，我不想管理那么多人。一个导演必须让四五十个人爱他，或者一直怕他，或者两者兼而有之。你怎么处理那么多关系，又保持你的理智和礼貌呢？恐怕我会不耐烦的，我不想这样做。

你看，我习惯于每天早上起床，跑到打字机前，一小时后我就创造了一个世界。我不必等待任何人。我不必批评任何人就能完成工作。我需要的只是一个小时，而且我比每个人都快。剩下的时间我都可以闲逛。我今天早上已经写了一千字，我可以午餐吃上两三个小时，因为我已经打败了其他人。

但一位导演说："哦，上帝啊，我状态不错，现在我想知道是否能把其他人都叫来。"如果我的女主角今天感觉不舒服呢？如果我的男主角脾气很坏呢？我该如何处理？

你的角色不会出现这些问题？

绝对不会。我从来不能忍受我的构思出现任何问题。

你会甩他们一巴掌，让他们各就各位吗？

一旦事情变得困难，我就走开。这是创造力的伟大秘诀。要像对待猫一样对待他们：你要让他们跟着你。如果你试图接近一只猫并把它抱起来，那么，猫绝不会让你这样做。你必须说："好，随便你吧。"猫会想："等一下，他跟大多数人不一样。"然后，猫会出于好奇心跟着你："你怎么了，你不喜欢我吗？"

创意就是那么一回事。看见了吗？ 你只是说："好吧，我不需要沮丧，我不需要担心，也不需要助推。"创意自然会跟着我。等它们放下警惕时，准备诞生为作品时，我会转身一把抓住它们。

第十一章　写作的禅机

我选择这样的标题，很显然是为了制造话题。除了各式各样的反应，应该还会帮我招惹来某些人，如果是好奇的观光客就好了，他们会施舍同情，或者随意地叫嚣。以前四处巡游的巫医会表演一些额外的即兴节目，用汽笛风琴、鼓声和黑脚印第安人把观众惊得目瞪口呆。也请原谅我，我使用"禅机"这个词就是为了达到类似的效果，至少一开始我是这么打算的。

因为，最后也许你会发现这并非是玩笑话。

不过我们还是先按部就班，之后再来严肃地讨论这件事。

现在如果你站在我的讲台前，我用红色油漆大笔一挥，我会写哪个词呢？

工作。

这肯定是首位。

放松。

这是第二个。

不要思考!

这些词汇和禅有什么关系?和写作又有什么关系?和我的关系又是什么?对你又如何呢?

首先,让我们仔细观察这令人厌恶的词:工作。你的一生都会和它打交道。而从现在开始,你不必再成为它的奴隶,你和工作并非契约关系,而是一种合作关系,只要你真的想和你的工作共存,那么这个词就不会如此让人厌恶。

稍等,让我问几个问题。我们的社会继承了清教徒的传统,但对工作为什么有如此矛盾的心情?我们不忙碌时为什么会有罪恶感?反之,我们勤劳工作时,为什么也觉得自己罪孽深重?

我只能猜测,我们的工作不是我们感兴趣的事业,所以我们才会觉得无聊。或者更糟糕的是,我们是为了金钱才工作,赚钱成了工作的目标,也变成了最重要的事。因为这个目标,工作退化成了毫无乐趣之事,你能明白我们为何如此讨厌我们的工作了吗?

与此同时,我们觉得自己比较有文学素养,以为只要拿起羽毛笔,准备一些羊皮纸,中午空闲的时候,就能把墨水轻轻地涂在纸上抒发灵感。而所谓的灵感多半来自《凯尼恩评论》[①]或其他文学季刊。一个小时写几个字,每天写几个段落,瞧! 我们在创作了,或者说得夸张一点,我们就是乔伊斯,卡夫卡,萨特!

没有什么比这离真正的创造更遥远了。 没有比这两种态度更具破坏性的了。

为什么呢?

因为两者都是谎言 。

这样写作 —— 希望能在商业市场中获得金钱,是一种谎言。

这样写作 —— 希望某些势利的准文学团体在知识分子的报刊上赞扬你,进而成名,也是谎言。

难道要我告诉你,这些文学期刊中多的是自欺欺人的年轻男女,这些人多到溢出杯子了,他们在创作时,只是在模仿弗吉尼亚·伍尔芙、威廉·福克纳或者杰克·凯鲁亚克?

难道我要告诉你,他们的作品充斥着女性杂志和其他大众出版物,还有其他年轻男女,他们在模仿克拉伦

[①] 《凯尼恩评论》(*The Kenyon Review*),文学评论杂志。

斯·巴丁顿·凯兰德[①]、安雅·塞顿[②]或者萨克斯·罗默[③],却以为自己在创作。

标新立异的骗子以为能在卖弄学问的谎言中名垂青史。

商业骗子也是如此,依靠自己的标准,说服自己向金钱靠拢,因为全世界都是这样,众人皆如此行事!

现在,我希望阅读这篇文章的人都不会对这两种说谎方式感兴趣。你们每一个人都对创造力感到好奇,希望触碰到内在真正的原创性。你想要名利双收,是的,但那只是工作的回报。在所有事情完成之后,美名和飞涨的财富必须到来。这意味着你在打字机前时甚至不用考虑它们。考虑名利的人只会撒那两种谎,取悦观众,把想法和创意打倒、消灭,即使创意跳出来咬他们一口,他们也毫不察觉。

我们听到很多向商业市场妥协靠拢的事,但很少听说有人向文学圈靠拢。但归根到底,作家依赖这两种方式生活在这个世界上都是不幸的。没有人会记得,没有人会提起,没有人会讨论那些偏离了目标的故事,不论是带了

[①] 克拉伦斯·巴丁顿·凯兰德(Clarence Budington Kelland,1881—1964),美国职业小说家,共创作了六十部小说。
[②] 安雅·塞顿(Anya Seton,1964—1990),美国小说家,其作品 *Foxtire* 等曾被好莱坞搬上了大银幕。
[③] 萨克斯·罗默(Sax Rohmer,1883—1959),英国小说家,主要作品是魔鬼博士傅满洲为主角的系列小说。

一点海明威特色，还是话题性比埃莉诺·格林[①]少三倍的作家。

作家可以得到的最大的回报是什么？不外乎是某天有人冲你而来，脸上洋溢着真诚，眼神里充满了爱慕，大声地说："你的新作品很好看，真是太好了！"

只有在那一刻，写作才是有价值的。

突然间，只会跟风的知识分子所说的大话消失了。突然间，从布满广告的杂志中赚取令人满意的稿酬也不再重要。

就连最麻木的商业作家也会爱那样的时刻。

最虚伪的文学家也会爱那样的时刻。

而充满智慧的神也会将那个时刻赐给最想赚钱的作家，或最渴求名气和关注的作家。

经过一天的辛苦，长久以来为钱而写作的作家总会遇到这样的时刻，他会深深地爱上某个想法，于是开始跳跃、奔跑、浑身发烫、喘气、狂欢，写出肺腑之言。

而拿着鹅毛笔装模作样的人也感染了这股狂热，丢掉的紫色墨水被纯粹的热汗所取代。他写断了十几根笔管，几小时后，从创作的卧榻上爬起，看起来好像他的房子里发生了雪崩。

[①] 比埃莉诺·格林（Elinor Glyn，1864—1943），英国小说家、剧作家，作品多有色情气氛。

你问，发生了什么？是什么让这两个几乎说谎成性的骗子开始讲真话了？

让我再次举起我的标语。

工作。

很明显，这两个人都在工作。

经过一段时间后，工作的节奏会出现。机械的感受逐渐消失。身体开始适应。那会发生什么？

放松。

然后，这些人会高兴地遵循我最后的建议：

不要思考。

结果会更放松，更不思考，拥有更大的创造力。

现在我已经彻底把你弄迷糊了，让我暂停一下，听听你发出的惊恐叫喊。

不可能！你说你怎么可能同时工作而又放松？创造怎么能不把人逼得精神紧张以致崩溃？

这可以做到。每年，每个星期，每天都有人这么做。运动员这样做，画家也这样做，登山者这样做，带着小弓箭的佛教徒也这样做。[1]

连我也这样做。

听到我能做到，你现在可能正愤恨地咬牙切齿吧，其

---

[1] 佛教经典中常以弓箭比喻一切令众生烦恼、无法成佛的障碍，多见于金刚菩萨。

实你也能做到！

好了，让我们再次把标语排列起来。把它们放在任何位置都可以，真的。"放松"或"不思考"可以放在前面，然后是工作。

但是，为了方便，我们还是这么排列吧，加上第四个具有启发性的词语：

工作，放松，不要思考，再放松。

让我们再分析一下第一个标语：

工作：你一直在工作，不是吗？

或者，当你放下这篇文章的时候，你是否计划了自己何时开始工作？

是什么样的计划？

在接下来的二十年里，每天写一两千字。一开始，你可能会每周写一个短篇故事，每年写五十二个故事，用这样的节奏写五年。期间你可能会写下许多题材，它们会被搁置或者烧掉，然后你才能习惯这样的步调。你可以从现在开始，完成该做的工作。

因为我相信数量终将成就质量。

为什么会这样？

米开朗基罗、达·芬奇、丁托列托都画过大量的草图，这些大量的习作帮助他们画出优秀的素描，进一步创作成单独的作品，最后是无比精准而又美丽的画幅。

一位伟大的外科医生解剖过成千上万个身体、组织、器官。长此以往才练就出高超的技艺——用手术刀面对生灵。

一名运动员或许要跑一万英里才能准备好参加一百码的比赛。

数量积累成经验，而只有凭借经验才能保证品质。

所有的艺术，无论什么形式，都要减去多余的动作才能得到精准的呈现。

艺术家必须学会删减。

外科医生懂得如何直接找到病原，如何避免浪费时间和并发症。

运动员懂得如何保存体力和精确地运用肌肉。

作家有什么不同吗？我想没有。

最伟大的艺术往往是作家未说出口的、删减掉的东西。前提是他能清楚地表达情绪，指出文字的方向。

艺术家必须努力工作，耗费非常长的时间，才能让大脑中的全部想法在指尖存活生长。

对于外科医生来说，他的双手终于能够像达·芬奇的手一样，勾勒出拯救生命的设计图。

对于运动员来说，他终于锻炼好了身体，让身体具备自我意识。

通过工作，通过量化的经验，人们才能让自己从手头承担的义务中解放,忘记手中的工作。

画家绝不能只想用作品获得名利。他只能专注于画笔下的美丽,如果他愿意释放,这些美丽会在他的画笔下流淌。

外科医生绝不能只想着自己的收入,他必须牵挂手术刀下的生命。

运动员必须无视周围的人群,让身体专注地完成比赛。

作家必须让手指敲出角色的故事,让人物成为真正的人,充满奇特的梦想和迷恋,只要能够奔跑便欢欣雀跃。

努力工作,为放松的第一阶段做好准备,然后你就接近了下一阶段,奥威尔或许称之为"不思考"!就像在学习打字时一样,你原本只是按顺序敲击字母 a-s-d-f 和 j-k-l-,最后敲出了一连串字。

所以我们不应该小看工作,也不要把第一年五十二个故事中写坏的四十五个看成是失败的。放弃才是失败。你正处在前进的过程中,失败并不糟糕,工作已经完成。如果结果好,你可以从中学习。如果不好,你会学到更多。之后的工作是学习。除非你停下来,否则不会有所谓的失败。不工作就是结束,神经紧张会破坏创造的过程。

所以,你看,我们不是为了工作而工作,创作也不以作品为目的。如果真是这样,那么恐怕你会害怕地举起手来,转身离开我。我们要做的是找到一种方法来释放我们所有人心中都知道的真相。

很明显不是吗？我们越谈论工作，就越来越放松。

紧张是因为无知或放弃去了解。工作，给我们经验，产生新的信心，最终让我们放松。再说一次，放松能带来动力，例如雕刻，雕刻家不需要刻意告诉自己的手指该做什么。外科医生不会告诉手术刀该做什么。运动员也不需要指导自己的身体。工作到了一个自然而然的节奏，身体便会自己思考。

所以再看一次那三个标语，以任何你想要的方式排列它们。工作，放松，不要思考，原本它们是分离的，现在，三个词组成一个过程：如果一个人工作，他会因此而放松，停止思考，然后真正的创作才会发生，而且就发生在当下。

但是，没有正确思考的工作几乎是无用的。我再重复一遍，作家若想敲出自己心中真正想说的故事，就必须拒绝诱惑，不用想着像乔伊斯、加缪或者田纳西·威廉姆斯那样在文学评论中有所成就，也必须忘记畅销时等待他的金钱。作家必须问自己："我对这个世界的真正想法是什么，我爱什么，怕什么，恨什么？"并把它们倾泻于纸上。

带着这样的心情稳定工作，经过一段时间之后，他的写作便能说明一切——他会放松下来，因为如果点子正确，思考也会正确，放松后两者可以互相说明。最终他会开始看清自己。到了晚上，他内在的磷光将长长的影子投射在墙上。最终，工作，停止思考，放松，在他体内和谐交融，像血液在身体中一样，从心脏流向四肢和身体各个部位，因为它必须流动，必须前进。

我们在这个流动过程中会发现什么？一个不可替代的人，世界中绝无重复的——你。这个世界上只有一个莎士比亚，一个莫里哀，一个约翰逊博士，所以你拥有珍贵的价值，你是受到我们民主赞扬的独立个体，但是你却经常迷失，在这股洪流中丢掉了自己。

为什么会迷失？

正如我所说的那样，不正确的目标。太渴求名气，太急着赚大钱。我们都要记得，只有我们拿出心中最好的，只有自己的知道的，绝无仅有的真相给这个世界，才能得到金钱和名望。现在我们必须布置好我们的捕鼠器，否则引来的老鼠可能会把你家的大门撞破。

你是怎么看待这个世界的？你如同一块棱镜，折射着世界的光芒。它在你的头脑中燃烧，在白纸上投射出不同光谱，是其他人都射不出的光芒。

让世界烧透你。在纸上投射出棱镜白热的光线，制造出你的专属光谱。

然后，你，作为一个新的元素，会被发现，记录，命名！

那么，奇迹中的奇迹，你甚至可能会受到文学杂志的青睐,然后你终有一天能得到这份恩赐,有人会真挚地对你喊:"做得好!"让你感觉头晕目眩,开心不已。

此外,一个人身上的自卑感往往意味着作品真的有所不足,而这只是缺乏经验的原因。工作吧,获得经验,让你在写作时如鱼得水,如同一名游泳的人那样让自己在水中漂浮。

世界上只有一种类型的故事,你的故事。如果你写自己的故事,任何杂志都可能会买下它。

我有曾经被《怪谭故事》拒绝的故事,然后转身把作品卖给了《时尚芭莎》。

《星球故事》[①]退了我的稿件,我便把它卖给了《小姐》。

为什么呢?因为我一直试图写自己的故事。如果你愿意,可以随便为它们贴上标签,称它们为科幻小说或奇幻小说,神秘小说或西部小说都可以。但是,从本质上看,所有的好故事都是一种故事,属于一个人的独一无二真实的故事。这种故事可以适用于任何杂志,无论是《邮报》(*Post*)还是《麦考尔》《惊奇科幻小说》《时尚芭莎》或《大西洋月刊》。

我在此必须为刚入门的作家补充一点:模仿有它的必要性。在准备阶段,作家必须选择一个他认为想法能够自

---

① 《星球故事》(*Planet Stories*),美国20世纪40年代著名科幻杂志,许多优秀的科幻作家都曾在上面刊登作品。

由生长的领域。如果其内在有与海明威相通的地方，他就应该模仿海明威；如果劳伦斯是他的英雄，就应该模仿劳伦斯；假如尤金·曼洛夫·罗兹①创造的西部世界影响了他，他的作品中也能看出端倪。在学习过程中，模仿和创作是同时进行的，只有模仿盖过了他自己的想法时，才会真正断了创作的道路。有些作家要花很多年，有些作家只需要几个月就能写出真正原创的故事。经过了无数次模仿，我在二十二岁那年突然有了突破，我放松了，写出了具有原创意义的"科幻"故事，完全属于"我自己"的故事。

请记住，选择一个写作领域，和执迷于那个领域是完全不一样的。如果你非常喜爱未来世界，那么把精力花在创作科幻小说上才是正确的。你的激情会保护你避免只偏重于这个领域，或者模仿超出能力范围的东西。只要你真心喜爱，没有哪个领域是不好的。只有在一个领域中自我设置限制过多，才会对写作造成严重的伤害。

为什么我们这个时代没有更多具有"创造力"的作品？还是说任何时代都差不多？我想，主要是因为很多作家根本不知道我在这里讨论的这种工作方式。我们习惯用二分法来对立地区分"文学"和"商业"的写作，却没有归类或考虑过折中的方式，而这对于每个人来说都是通往

---

① 尤金·曼洛夫·罗兹（Eugene Manlove Rhodes，1869—1934）美国作家，创作了大量西部小说，被称为"牛仔编年史家"

创意最好的道路，也是最能产出故事的方式，这样写出的故事，即使是自大的评论家或文学家都会喜爱。我们像往常一样解决问题，或者认为我们解决了这些问题。我们把东西塞进两个箱子里并分别为它们命名，没有被放进箱子的东西则什么也不是。如果我们继续这样思考，我们的作家就会继续捆绑和束缚自己。而康庄大道、幸福之路，其实恰恰介于两者之间。

现在，说真的，我必须向你推荐奥根·海格尔[①]写的《射艺中的禅》（Zen in the Art of Archery）——你感到惊讶吗？在这本书中，"工作""放松"和"不要思考"都有出现，只是叙述层面和背景不同。

几个星期前，我对禅一无所知。那么，你一定会好奇我在标题中使用"禅"的原因。同样，我现在所拥有的一点知识都来自射艺，弓箭手必须花很多年时间学习拉弓放箭的动作，这样的过程虽然枯燥，折磨人的神经，却能够让弓箭手准备好放手，让弓箭自然释放。弓箭手的注意力不在标靶上，而弓箭也必然朝标靶一路飞去。

写了这么长的一篇文章，我想我并没有向你展示射艺与写作之间的关系。我已经警告过你了，不要把注意力放

[①] 奥根·海格尔（Eugen Herrigel，1884—1955），德国哲学家，曾于1924年至1929年在日本东京大学授课，这期间他研究了日本古弓箭，并在晚些时候完成并阐述了其中的哲学思想。

在标靶上。

多年前,我本能地知道了工作必须在我的生活中扮演的角色。十二年前,或许更久,我蘸着墨水在我打字机右边写下:"不要思考!"所以,你能怪我吗,过了这么久,我竟然在海格尔谈论禅的书里偶然发现我本能的直觉,我能不开心吗?

总有这样的时候,你笔下的人物会为你写好故事,只要你的情绪没有文学倾向和商业偏好,他们就会在纸上爆炸开来,说出你心中的真相。

记住:剧情只不过是你的人物跑到令人难以置信的目的地之后,留在雪地里的足迹。剧情是事情发生后才观察到的,而事前无法预测。它不会抢在行动之前发生。当一个行动已经结束,它才会留下记录,那就是所谓的情节。向前奔跑,尽情跑,达成目标是人类与生俱来的愿望。它不能是机械的安排。只能是动力的爆发。

所以,站到一旁,忘记目标,让你笔下的人物,你的手指、身体、血液和心脏去做该做的事。

别再想你自己的问题,让你的潜意识去思考,类似华兹华斯[①]所说的"明智的被动"。你需要在禅中寻找问题的答案。和所有的哲学一样,禅宗也遵循了这个道理,从直

---

① 威廉·华兹华斯(William Wordsworth,1770—1850),英国浪漫主义诗人。

觉中学习什么是对自己最好的。每一位木匠，每一位大理石的雕塑家，每一位芭蕾舞演员，都在遵循禅宗所讲的一切，即使他一生从没有听过这个词。

"聪明的父亲才认得自己的孩子呢"[①]，应该改述为"聪明的作家认得自己的潜意识"。不仅能认出它，还能让潜意识说出自己感觉到的世界，把这样的世界塑造成属于自己的真理。

席勒建议那些会写作的人："将智慧大门前的哨兵都撤走。"[②]

柯勒律治[③]这样说："创意联想的本质犹如急流，让思考决定速度和方向。"

最后，如果你想知道更多关于我所说的，可以阅读赫胥黎的《明天，还是明天，一如既往》中的《两栖动物教育》[④]。

[①] 意知子莫如父，原文为"It is a wise father who knows his child"，摘自《威尼斯商人》第二幕第二场对白，此处中文引用为梁实秋翻译。
[②] 弗里德里希·席勒（Friedrich Schiller，1759—1805），德国著名诗人、历史学家、剧作家，此处引用自席勒写给古斯塔夫·科纳（Gustav Koerner）的信件。
[③] 塞缪尔·泰勒·柯勒律治（Samuel Taylor Coleridge，1772—1834），英国浪漫主义诗人、评论家。
[④] 《两栖动物教育》（*Education of an Amphibian*），收录于《明天，还是明天，一如既往》（*Tomorrow and Tomorrow and Tomorrow*），是其中的经典选篇。

还有一本很棒的书，多萝西娅·布兰德①的《成为一名作家》，虽然出版时间距离今天已经很远，但书中详细论述了很多作家如何挖掘自我，如何透过字词联想让心中的想法跃然于纸上的方法。

现在，我听起来像不像是某种狂热分子？一位坐在榕树下以金橘、葡萄和杏仁为食的修行者？让我向你们保证，我之所以说这些事情，是因为五十年来它们让我获益良多。我想他们可能对你也有用。只有行动才能证明一切。

那就务实一点吧。如果你对你现在的写作方式不满意，可以试试我的方法。

如果你这样做，我想你很快就能找到工作的一个新定义。

那就是爱。

---

① 多萝西娅·布兰德（Dorothea Brande，1893—1948），美国作家，曾出版过指导写作的《成为作家》(Becoming a Writer)一书。

第十二章　创造力

在真相沉睡的雷区如豹般跳跃

不要破坏和夺取，而是找到并保持；
在真相沉睡的雷区如豹跳寻找位置，
蹑手蹑脚触发潜藏的种子，
唤醒混乱无序的财祉
跃起，不看，不理，不带走
你鬼祟向前，装作双眼失明的盲走
一转头向着回到自己踏出的丛林之路
发现落下的物品就在游荡的行径之处
或大或小的真相在这里显现
而你错误的惊慌潜行，置之不见

或是故意，地雷仍埋在原地

又跳，又找，都在这轻松的游戏；

流畅的步伐，毫无突袭。

你肯定已经注意，但只投入少许

假装关心，又似冷漠，忽视每一英里

这隐喻像猫，一微笑便跟上你

每一只都对你呼噜，每一只都让你骄傲，

每一只都是你隐藏在内心金色野兽的肖貌，

从打断中开始逐渐召唤收获。

奔逃的象群一起摇簸，

敲击他们的心灵让其敬畏颂谣，

欣赏美丽之物亦了解其缺糟

于是，我发现了缺糟，犹如美女的胎记，

匆匆回头尽数数过，一切的整体。

全部结束，假装这些材质你从未留有意存阅

在真相沉睡的雷区如豹一般

跳跃。

我做故我在，我为此而来

献给杰拉德·曼利·霍普金斯[①]

我做故我在 —— 我为此而来
我做，故我在！
为此，我来到这世上！
杰拉德如是说，
高贵的曼利·霍普金斯如是说。
在他的诗中，文中，他遇见命运选择了
他的基因，而后让他自由寻找自我的道路，
在他血液中充满了神秘的电子。
他说，上帝在我额头按下指纹，
在你出生之时，
他触碰你的手到额头，旋绕出轻柔的印记
在你双眼之上的正是他灵魂的隆起和象征！
与此同时，你出生并哭喊
震撼地宣布自己的诞生
助产士、母亲和医生相互注视
看着那指纹渐渐淡去，消失在血肉中

[①] 霍普金斯擅长探索性地在诗歌韵律中使用跳韵（Sprung Rhythm）及意象。这首诗作者对他的诗歌手法进行了模仿与致敬。

就这样，逝去，抹去，而你用毕生去寻觅

探寻贴心的指导

在上帝第一次包围在你身边、将你塑造成生命时它就放在那儿：

"去吧！这样做！那样做！做任何一件事！

这是属于你自己的！实现自我吧！"

那是什么？！你撕心裂肺地呐喊，

难道永无止息？不，这是一条实现自我的道路。

即使这印记消失，在你贝壳般的双耳

依然能听见逐渐消逝的轻叹，他将你送到这世上最后的言语：

"你不是你母亲、父亲、祖父。

不要做别人，做你自己，那个我在你血液中塑造的你。

我用你的血肉包围着它，找出来吧。

去寻找，做那个其他人无法成为的自己。

我留给你命运里最神秘的礼物，不要寻求他人的命运，

如果你这样做，再深的墓穴也埋葬不了你的绝望，

再远的国土也隐瞒不了你的失落。

我遍历你身上每寸细胞，

你最基础的分子都准确且真实，

在那里寻找不可磨灭，纯粹的命运，

最为珍贵的命运。

每个瞬间,你的血液能呈现一万种未来;
每一种血液,都能复制出你的电子双胞胎兄弟。
就连你手上的伤口都能复制出我所计划的
我所知的,
在你出生之前就藏在你心中的。
如果接受命运的安排,你身上每个部分都不会阻碍、隐藏
那个你即将成为的自己。
你做,故而你存在,为此我让你出生。
做你自己,成为这世上唯一真正的你。

亲爱的霍普金斯,高贵的曼利,珍贵的杰拉德。多好的名字。
我们做,故我们在。因为你,我们为此而来。

另一个我

我不写作 ——
是另一个我
不断要求出现。
但如果我着急转身与他相见
那么
他会悄悄回到他原本
所处的地方与时间
我下意识地撞开门
让他出现。
有时一个火灾呼救会唤醒他
他也认为我需要他，
我确实需要。他有他的任务
告诉我面具下的自己是何面目。
他是那个魅影，而我站在台前
藏着他与上帝一起编写的歌剧，
尽管我，全没发现，
毫无狂喜地等待他的远见
暗中爬过我的手臂手腕，手掌，到指尖
窃取，发现
如此真相从舌尖跌落

伴随着有声响的火灼，

全都来自神秘的血液和灵魂的秘密场所

欢欣鼓舞

他偷偷冒头出来写作，然后跑掉藏起来

躲过整个星期那么长，下次又试着玩捉迷藏

我其实在假装

和他玩耍不是我的目的 。

但我和它玩耍，装作背过头去。

不然这个秘密会成天躲着我自己。

我跑来跑去，玩那些简单的游戏，

没来由的跳起

从睡梦中去召唤

聪明的野兽，潜伏在此，保卫着自己的领地

至于他玩乐的场所？我的呼吸，

我的血液，我的神经。

然而这一切如此之多，它究竟在何处停留？

我发了疯地寻找，它究竟在哪里隐藏？

像块口香糖藏在这边耳后，

像块脂肪藏在那边耳后？

这调皮的孩子

把帽子挂在哪？

没用的，它是个天生的隐士

出世般活着。

没有别的办法，只能加入他的诡计和游戏。

让他随心奔跑，为我制造名气。

我在上面写上我的名字，将他的素材窃取，

只是它的出现，全因我打了个喷嚏，

伴随着甜美的创作香气，

是布雷德伯里写了哪首诗，哪行字，哪段演讲稿？

不，我的内在，看不见的自我，是教我的学校。

他的能力，包裹着我的血肉，一切仍是一团谜；

不要去歌颂吾名，

去赞扬另一个我。

特洛伊

我的特洛伊当然就在这,
尽管有人说,才没有
失明的荷马已经死去,他的古老神话
无处可去。停手吧,别再深挖。
但我仍然试着带上这一切,
去缝合我陶制的灵魂,
否则就只有死去。
我了解我的特洛伊。
别人警告这男孩,那只是个传说,
仅此而已。
我听到他们的警告,报以微笑,
与此同时,我的铁铲
挖掘荷马埋在土中的阳光和黑暗。
上帝!别在意!朋友们号泣:蠢货荷马看不见!
他会如何为你展示你曾毁掉的一切?
我确定,我说。他会说的,我会听见。我确定。
他们的劝告被我拒绝,
我继续挖掘,当他们转身无视我的处境,
我在八岁时学到一件事:
我的命运就是毁灭,他们说。世界即将终止!

那天我慌了手脚，以为这是真的，

你和我和他们

永远见不到明天的太阳——

但当那天开启。

我满怀羞愧看着太阳升起，想起自己的怀疑

也纳闷着那些末日论者跑到了哪去？

从那天起，我独自保持着私人的乐趣，

不让他们发觉

我埋起的特洛伊：

他们如果知道，将会如何轻蔑，

嘲弄和取笑；

我将我的城市深埋封起，

不让所有人发现；

直到，长大之后，每天不断挖掘。看看我都有什么发现，只有年老的荷马和失明的荷马给我的礼物？

一座特洛伊？不，十座特洛伊！

十座特洛伊？不，二乘以十！三打三十六座特洛伊！

每一座都更富饶、更美丽、更耀眼的特洛伊！

都在我的血肉之中，

每一座都是如此真实。

那么，这意味着什么？

去挖掘，你体内的特洛伊！

别和你心灵的废墟同行

别和你心灵的废墟同行

不然美丽将会消亡；罗马的太阳也让人睁不开眼睛

地下的墓室变成你冰冷的客房！

该是天堂的地方也会成为地狱。

小心那些地震和洪水

时光会躲藏于旅行者的血水

能从藏身之处把它摇晃而出

只能看到失落在废墟中的罗马。

想想你毫无乐趣的血液，照顾好自己，

罗马的断壁残垣就在那里

藏在你每个染色体和基因中

一直藏在那里，曾经到如今。

所有恢宏的墓穴和王座

化作废墟，构成你的骨骼。

大地震动，万物成长

你未来所有的黑暗都已知晓，

别把这些内心的废墟带到罗马，

伤心人会明智地待在家；

若你的忧虑去了那里

到了一切消亡的地方，失落感只会增加

自身招致来所有的黑暗

充满你的一切——因此,带着愉快去旅行。

否则都要在那片废墟中完成

死亡等待了许久迟迟未到,

血染的城镇全部燃起了火焰

震裂失去了所有的理智和良善,

而你受伤的双目将会看见

一座失落毁灭的罗马。你又该如何?

破碎的雕像尚有正午的阳光可以修复,

但在午夜灵魂深处的内心却无法平复。

所以,别带着情绪去旅行

血液中缺少了阳光也不行,

如此的旅程有双重的代价,

你和王国都将失去。

当你心灵的风暴席卷墓穴,

而罗马的一切看起来都像石墓碑——

旅行者,别去。

留在家吧。

留在家吧!

我死去,世界也随之消失

在我死去的那天,可怜的世界不知道那将是它的末日。
我死去的一个小时内,十亿人也会一同死去,
我会带着这片大陆一起走进坟墓。
他们是最勇敢的,完全无辜的,毫不知情的
假如我沉沦,接着便是他们。
于是在死亡之时,他们还在歌颂好时光
而我,这疯狂的自大狂,却要给他们带来新年厄运。
在我之前的国度是如此广阔、明亮,
但我一手熄灭了他们的亮光。
我掐灭阿拉斯加,质疑太阳王的法国[①],割开大不列颠的喉咙
只需眨眼一下就把沙俄赶离我的大脑,
把中国从采石场大理石边上推倒,
击倒遥远的澳大利亚,把它换成石头,
路上踢了日本一脚。至于希腊,早已飞走。
我会让它飞上天再掉下来,绿色的爱尔兰也一样,
睡梦中我大汗淋漓,辗转反侧,我会让西班牙也绝望,
射杀戈雅[②]的孩子们,折磨瑞典的后代,

---

① 路易十四皇帝,自号太阳王。
② Francisco José de Goyay Lucientes,西班牙宫廷画家。

日落鸣枪时，我将破坏花朵，农田和村寨。

当我的心脏停止跳动，伟大的太阳神也会在睡梦中死去，

我在宇宙深处埋葬所有星星。

所以，听好，全世界，我已发出警告，你们应该感觉恐惧。

当我生病之时，你的血液也在那天死去。

好生表现，我就会坚持，让你活下去。

表现不好，我会将你赋予你的所有付之一炬。

这即是一切的终结，你的旗帜已被卷起

倘若我遭射杀死去？你的世界也将到达死期。

行动就存在

行动就存在。
这还不够；
要让自己时刻行动,那才像话。
说出你每小时完成所做之事,
日落枪响,将时间列成表格
在行动中观察自我
你不会在事实之前了解一切
你只有更加追求,才能将秘密的自我找寻,
这样做能引出,
用跳跃,用追赶,用奔跑便能消除疑心
大步向前
现在发现了自我,
不行动,就会死,
或是用谎言所说之事撒谎
也许某天你会如此。
继而拜托一切!
但明天依旧空虚
只因为没有人去行动,让一切成形
或是用他的方法去观察。
让你的身体引导你的心灵 ——

让鲜血引导犬找到盲人；
就这样练习，排演
继而找到心灵的宇宙
通过观察和行动才能明白
永恒证明：行动就存在！

我们拥有艺术，所以不会被真相击垮 [1]

一切只有真相？那就只有死亡了。

尼采这样说过

我们拥有艺术，所以不会被真相击垮。

世界对于我们有太多烦恼。

洪水过了四十天 [2] 仍旧肆虐。

放羊的牧地充满了恶狼。

在你脑中嘀嗒作响的时钟是时间真的在流逝。

到了夜晚，它就会将你埋葬。

孩子们在床上睡去，拂晓便会离去

带上真挚之心，前往未知的世界。

一切都是如此

我们需要艺术教导我们如何呼吸

将血液喷射；同意魔鬼的邻居，

认清我们终将老去，认清那些黑暗、认清会撞倒我们的汽车，

看见小丑的面具下是死神的面容

或是骷髅带着愚人节的皇冠

---

[1] 此句为尼采名言。
[2] 《创世纪》7:12，大雨降在地上四十日、四十夜。

摇响沾满血的铃铛，发出叮咚响声

昨夜阁楼在地震时落下骨头，

所有的一切，所有这一切——太多了！

它让心灵受到冲击！

接下来？寻找艺术。

抓起笔刷，站好姿势。迈开华丽的步伐，跳舞。

比赛跑步，试着写诗，写剧本。

弥尔顿比醉酒的上帝干得还要棒

他从人类的角度为人类的行为辩护

滔滔不绝的梅尔维尔接下任务

探寻面具下的面具

艾米莉·狄金森的说教让人看见清洁工的不拘。

莎士比亚在死神的箭头上涂毒

让挖坟墓变成一门艺术

爱伦·坡预测出波波鲜血的大洪水

以骷髅建造挪亚方舟，航行在血泊中

死亡，这个让人疼痛的智齿；

用艺术作为钳子，拔出了真相，

探索原本所处的深渊

在黑暗中伴随着时间和动机。

尽管皇虫①吞噬着我们的心,

借着约里克②之口,我们对艺术大呼:"谢谢!"

---

① 即 Chemnosit,Pathfinder 游戏中的虫型怪兽,以世界的心脏为食。
② 约里克(Yorick),莎士比亚戏剧《哈姆雷特》中的头骨,生前是一个宫廷小丑。

致　谢

本书所收录的文章原出自下列出版物，感谢各位出版者与编辑。

《写作的乐趣》(The Joy of Writing)：选自《禅机与写作的艺术》(Zen & the Art of Writing)，卡普拉出版社（Capra Press）1973 年版。

《动如风，静如钟；楼梯顶端的那个东西，老想法中的新灵魂》(Run Fast, Stand Still, or The Thing at the top of the Stairs, or New Ghosts from Old Minds)：选自《如何写恐怖、奇幻、科幻小说》(How to Write Tales of Horror, Fantasy &fScience Fiction)，作家文摘出版社 1986 年版。

《缪斯养成指南》(How to Keep and Feed a Muse)：选自《作家》，1961 年 7 月刊。

《酩酊大醉，放手一搏》(Drunk, and in Charge of a Bicycle)：

原为《雷·布雷德伯里故事选》序，克诺夫出版社（Knopf）1980年版。

《投入一角硬币：华氏451》(*Investing Dimes: Fahrenheit 451*)：原为《华氏451》序，限量俱乐部（Limited Editions Club）1982年版。

《拜占庭的另一边：蒲公英酒》(*Just This Side of Byzantium: Dandelion Wine*)：原为《蒲公英酒》序，克诺夫出版社1974年版。

《火星之路漫漫》(*The Long Road to Mars*)：原为《火星编年史》序，双日出版社1990年版。

《站在巨人的肩膀上》(*On the Shoulders of Giants*)：原为《另外的世界：1939年起的奇幻科幻小说》(*Other Worlds: Fantasy and Science Fiction Since 1939*)序，马尼托巴大学出版社（University of Manitoba）1980年版。

《秘密心灵》(*The Secret Mind*)：选自《作家》，1956年11月刊。

《俳句，手到擒来》(*Shooting Haiku in a Barrel*)：选自《电影评论》1982年11—12月刊。

《写作的禅机》(*Zen in the Art of Writing*)：选自《禅机与写作的艺术》，卡普拉出版社1973年版。

图书在版编目（CIP）数据

写作的禅机 /（美）雷·布雷德伯里著；巨超译
. -- 南昌：江西人民出版社，2019.2（2019.4 重印）
ISBN 978-7-210-10964-8

Ⅰ.①写… Ⅱ.①雷… ②巨… Ⅲ.①文学创作
Ⅳ.①I04

中国版本图书馆CIP数据核字(2018)第266475号

ZEN IN THE ART OF WRITING: RELEASING THE CREATIVE GENIUS
WITHIN YOU By RAY BRADBURY
Copyright: © 1994 By RAY BRADBURY ENTERPRISES
This edition arranged with DON CONGDON ASSOCIATES, INC.
through BIG APPLE AGENCY, INC., LABUAN, MALAYSIA.
Simplified Chinese edition copyright:
2019 Ginkgo (Beijing) Book Co., Ltd.
All rights reserved.

本书中文简体版由银杏树下（北京）图书有限责任公司出版。

版权登记号：14-2008-0367

写作的禅机

作者：［美］雷·布雷德伯里（Ray Bradbury）　译者：巨超
责任编辑：冯雪松　钱浩　特约编辑：张怡　筹划出版：银杏树下
出版统筹：吴兴元　营销推广：ONEBOOK　装帧制造：墨白空间
出版发行：江西人民出版社　印刷：北京天宇万达印刷有限公司
889 毫米 × 1194 毫米　1/32　5.5 印张　字数 97 千字
2019年2月第1版　2019年4月第2次印刷
ISBN 978-7-210-10964-8
定价：38.00 元
赣版权登字 -01-2018-938

后浪出版咨询(北京)有限责任公司常年法律顾问：北京大成律师事务所
周天晖 copyright@hinabook.com
未经许可，不得以任何方式复制或抄袭本书部分或全部内容
版权所有，侵权必究
如有质量问题，请寄回印厂调换。联系电话：010-64010019